中國書店藏珍貴古籍叢刊

初學記

唐・徐堅等 撰

中國書店

據中國書店藏明嘉靖十年錫山安國桂坡館刻本影印原書版框高二十一厘米寬十六點二厘米

重刊初學記序

賜進士出身資政大夫户部尚書侍 經筵官致仕進階榮禄大夫前奉 勅參贊機務南京禮兵二部尚書錫秦金著

初學記一編唐集賢學士徐公堅等奉勅撰也歲久板廢抄本狼籍字多舛訛觀者病之錫義士安國購得善本謀諸塾賓郭禾相與校讐釐正遂成完書選能鳩工繕寫鋟梓以傳其

嘉惠後學之心盛矣聞出視予徵言爲序予病且陋夫何言哉慨昔書契肇興人文漸著六經載道之文不可尚已秦漢以來典籍日富至有厭常喜新別開戶牖蒐奇獵異各成類書浩如紛如卒澤于仁義道德之歸者鮮矣今觀是編爲卷凡三十爲部若

干爲目若干上自天文下至地理中盡人事物情經史諸子百家之言旁采備載事以類敘文以代收句以偶對雜然而珠貝陳爛然而星斗羅一開卷而剌目快心可以爲談柄筆鋒之助誠初學之指南也雖然學貴自得道匪外求務學而不知要猶弗學也爲文而不明道猶無文也善學者

苟能博學疆記温故知新窮探聖賢之閫奧以極性命之精微俾斯道悉會于吾心而斲輪之妙於是乎在其庶幾乎不然徒以抽黃對白爲工誇多鬭靡爲勝以貽玩物喪志之誚則去道愈遠而學非其學矣彼所謂書

猺傳癖者奚足尚哉此固重刋是編
者意也予素不能文亦非深於道者
姑書此以引其端且與四方同志商
之
嘉靖辛卯歲夏六月吉旦

初學記序

聖人在上而經制明聖人在下而述作備經制之明述作之備皆本於天地之道聖人體天地之道成天地之文出道以爲文因文以駕道達而在上舉而措之其見於刑名度數之間者禮樂之文所以明經制也窮而在下卷而懷之其藏於編籍簡冊之間者詩書之文所以備述作也禮樂之文炳若丹青詩書之文潤於金石非吾聖人直爲是炳炳琅琅者以誇耀於千萬世之人也由是以載其道而濟千萬世之人者也傳曰經天緯地之謂文聖人措斯文於禮樂以化成

於天下者莫若乎文王故曰周監於二代郁郁乎文哉乃若文王則可謂之文也巳矣聖人藏斯文於詩書以化成於後世者宜莫若乎孔子故曰天之未喪斯文也乃若孔子則可謂之文也巳矣禮樂之文隨世而存亡不見其大全惟是詩書垂世煥乎其

可觀者皆貫道之器非特雕章續句以治聾俗之耳目者也學者不問古人之文爲貫道之器誦其詩讀其書往往獵取其新奇壯麗以駕其道聽塗說入乎耳出乎口者發爲一切之文自許高風逸氣可以跨越乎古今峻峯激流可以眺駭乎觀聽謂天地

造化之工皆在其筆端而聖人之用心處爲盡在此矣所謂郁郁之文可以明經制未喪斯文可以備述作當年天下異時來世所賴以濟者未嘗過而問焉可勝惜哉嘗謂人生而不學與無生同學而不能文與不學同能文而不載乎道與無文同文之不

可以已也如此是以近世有摘六經諸子百家之言而記之凡三十卷開卷而上下千數百年之事皆在其目前可用以駢四偶六協律諧呂爲今人之文以載古人之道眞學者之初基也愚願學者撫此以成文因文以貫道祈至於文王孔子之用心處而

後止毋爲獵取其新奇壯麗之語雕
章績句以治聾俗之耳目焉乃善學
者也旹紹興四年歲次甲寅正月上
元日右修職郎建陽縣丞福唐劉本
序

初學記目録

唐光禄大夫行右散騎常侍集賢院學士副知院事東海郡開國公徐堅等撰

大明嘉靖辛卯錫山安國重校刊

第十二卷
職官部下

第十三卷
禮部上

第十四卷

禮部下

第十五卷

樂部上

第十六卷

樂部下

琴一 箏二
琵琶三 箜篌四
鍾五 磬六
鼓七 簫八
笙九 笛十

第十七卷
人部上
聖一 賢二
忠三 孝四
友悌五 恭敬六
聰敏七

第十八卷
人部中
師一 交友二
諷諫三 貴四
富五 貧六
離別七

第十九卷

人部下

美丈夫一　美婦人二

醜人三　長人四

短人五　奴婢六

第二十卷

政理部

赦一　賞賜二

貢獻三　薦舉四

使五　假六

醫七　卜八

刑罰九　囚十

獄十一

第二十一卷

文部

經典一　史傳二

文字三　講論四

文章五　筆六

紙七　硯八

第二十五卷
器用部

第二十六卷

第二十八卷

果木部

第二十九卷

獸部

驢十　羊八
豕九　狗十
鹿十一　兎十二
狐十三　鼠十四
猴十五

第三十卷

鳥部 鱗介虫附

鳳一　鶴二
雞三　鷹四

烏五　鵲六
鴈七　鸚鵡八
龍九　魚十
龜十一
蟬十二　蝶十三
螢十四

初學記目録終

初學記卷第一

光禄大夫行右散騎常侍集賢院學士副知院事東海郡開國公徐堅等奉

勑撰　　錫山安國校刊

天部

天第一

叙事　河圖括地象云易有太極是生兩儀兩儀未分其氣混沌清濁既分伏者為天偃者為地釋名云天坦也坦然高而遠也物理論云水土之氣升為天爾雅云春為蒼天夏為昊天秋為旻天冬為上天廣雅云南方曰炎天西南方曰朱天西方曰成天西北方曰幽天北方曰玄天東北方曰變天（九天亦名九野）九天之際曰九垠（魚勤反堮也）九天之外次曰九陔（居核反陔階也言其階次有九）凡天去地二億一萬六千七百八十一里半度地之厚與天高等天南北相去二億三萬三千五百七十七里二十五步東西短減四步纂要云東西南北

曰四方四方之隅曰四維天地四方曰六合天
地曰二儀以人參之曰三才四方上下謂之宇
往古來今謂之宙或謂天地爲宇宙凡天地元
氣之所生天謂之乾地謂之坤天圓而色玄地
方而色黃日月謂之兩曜五星謂之五緯五星者東
方歲南方熒惑西方太白北方辰中央鎮日月星謂之三辰亦曰三光日
月五星謂之七曜天河謂之天漢亦曰雲漢星漢河漢清漢銀漢
天津漢津淺河銀河絳河五經通義云天神之大者曰昊天上
帝即耀魄寶也亦曰天皇大帝亦曰太一其佐曰五帝東方青帝靈威仰南方赤帝赤

標怒西方白帝白招拒北方黑帝叶光紀中央黃帝含樞紐
事對 轉蓋 倚杵 桓譚新論曰天
以爲蓋轉左旋日月星辰隨而東西河圖挺佐輔曰百[redacted]之後地高天下如此千歲之後而天可倚杵洶洶莫知始終
覆盆 轉轂 王充論衡曰天下與地無異若覆盆之狀渾天儀曰二十八宿半隱半見天轉如車轂之
運 象蓋 如笠 劉氏正曆問曰顓頊造渾天儀黃帝爲蓋天以天爲蓋虞洪穹天論曰天形如笠而
冒地之表 玉儀 銅渾 尚書考靈耀曰觀玉儀之旋昏明主時鄭注曰以玉爲渾儀故曰玉儀名臣奏
曰今史官所用候臺銅儀則渾天法也述征記曰長安南有靈臺上有銅渾天儀
設位 垂象 易曰天地設位而易行乎其中又曰天垂象見吉凶聖人象之
高明 貞觀 禮記曰天地之道博也厚也高也明也悠也久也鄭注曰此言其著見功成易曰天地之道貞觀者也日月之道貞明者也
三體 六氣 蔡邕天文志言天體者三一曰周髀二曰宣夜三曰渾天左傳曰天有六氣降生五味杜預注曰六氣者陰陽風雨晦明

四極 **九野** 淮南子曰昔者女媧氏煉五色石以補蒼天斷鼇足以立四極高誘注曰鼇大龜也天廢頼以鼇足柱之九野見上

九重 **八柱** 楚詞曰圜則九重孰營度之王逸注曰言天圓而九重誰營度而知之又八柱何當東南何虧注曰言天有八山爲柱也

折柱 **絕維** 列子曰共工氏與顓頊爭爲帝怒觸不周山折天柱絕地維故傾西北日月星辰就與地缺東南百川水潦歸焉宋玉大言賦曰壯士欸兮絕天維北斗戾兮太山夷

雨粟 **降秬** 周書曰神農之時天雨粟農耕而種之孫氏瑞應圖曰舜時后稷播植天降秬秠故詩曰天降嘉種惟秬惟秠

降麰 **下穀** 漢書曰來麰大麥也始自天降以致和復天助也孔叢子曰魏王問子順曰寡人聞昔者上天神異后稷而爲之下嘉穀周遂以與

杞國憂 **秦宓荅** 列子曰杞國昔有人憂天崩墜身無所寄廢於寢食又有憂彼憂者曉之曰天積氣耳奈何而崩墜乎其人曰天果積氣日月星宿不當墜也曉者曰日月是氣中之有光耀者正復使墜亦不能有傷蜀志曰吳使張温來聘温問秦宓曰天有頭乎宓曰有之温曰在何方宓曰詩云乃睠西顧以此推之頭在西方温曰天有耳乎宓曰天處高而聽卑詩云鶴鳴九皋聲聞于天若其無耳何以聽之温曰天有足乎宓曰詩云天步艱難若其無足何以步之温曰天有姓乎宓曰姓劉曰何以知之宓曰其子姓劉以此知之

命虞 **啓魏** 史記曰叔虞母夢天謂武王曰余命汝生子名虞余與之唐及生子有文在手曰虞遂因命之左傳晉侯賜畢萬魏卜偃曰畢萬之後必大萬盈數也魏大名也以是始賞天啓之矣

授楚 **錫秦** 左傳曰公孫歸父會楚子於宋宋人告急於晉晉侯欲救之伯宗曰不可天方授楚未可與爭雖晉之強能違天乎張衡西京賦曰昔者天帝說秦穆公而覲之乃爲金冊錫用此土而翦諸鶉首以上直載天

油雲 **膏雨** 孟子曰油然作雲霈然下雨左傳小國之仰大國也如百穀之仰膏雨

榆星 **桂月** 古樂府詩曰天上何所有歷歷種白榆虞喜安天論曰俗傳月中仙人桂樹今視其初生見仙人之足漸已成形桂樹後生

璧月 **珠露** 尚書中候曰天地開闢甲子冬至日月若懸璧五星若編珠李顒感興賦曰風觸波而文

結亏露霑丹而珠凝紫電 文虹嗇眦霖雨詩曰洪霖彌旬日翳翳四區昬紫電光飛熘迅雷終天奔

傳玄陽春賦曰習習谷風洋洋綠泉丹霞播景文虹竟天繒雲 絲雨易通卦驗曰立秋燭陰雲出如

赤繒張協詩曰金風扇景節丹霞啓陰期騰雲似漏網密雨如散絲風駟 雲車仲長統詩曰春雲爲

馬秋風爲駟按之不遲勞之不疾魏武帝古樂府詩曰願得神之人乘駕雲車驂白鹿上到天之門來賜神之藥錦

雲 縠霧成公綏雲賦曰或繡文錦章依微要妙宋玉神女賦曰動霧縠以徐步拂珊聲之珊珊

文露 光風春秋佐助期曰武露布文露沉宋均注曰甘露見其國布散者人尚武文采者則甘露凝

重楚詞曰川谷經復流潺湲光風轉蕙汎崇蘭王逸注曰謂雨已出日而風草木有光也祥風 甘雨

尚書大傳曰德及皇天則祥風起括地圖曰谷山有叢雲甘雨翠雲 紫蜺馮衍明志賦曰駟素蚪而

馳騁兮垂翠雲而相半揚雄大玄經曰紫蜺圍日其疾不割姮娥月 少女風淮南子曰羿請

不死之藥於西王母羿妻姮娥竊之奔月託身於月是爲蟾蠩而爲月精管公明別傳曰公明在清河于時大旱問何當雨言

今夜當大雨至日向暮了無雲氣衆人並歡嗤公明公明言樹上已有少女微風樹間陰鳥和鳴若少女反風陰鳥亂翔其應

至矣須臾玄雲四集大雨河傾白鶴雲 黃雀風易通卦驗曰立春青陽雲出房如積水春分正

陽雲出張如白鶴周處風土記曰五月大雨名爲濯枝五月風發六日乃止黃雀風是時海魚變爲黃雀因以名之以上揔載

天

賦 晉成公綏天地賦天地至神難以一言定其稱故體而言之則曰兩儀假而

言之則曰柔剛色而言之則曰玄黃名而言之則曰天地若乃玄象成文列宿有章三辰燭曜五緯重見衆星還而環極招搖

運而指方白虎時據於參昴青龍垂尾於心房玄龜匿首於女虛朱鳥奮翼於軫張垣屏絡繹而珠連三台差池而鴈行軒轅

華布而曲列攝提鼎峙而相望

詩 晉傅玄兩儀詩兩儀始分元氣清列宿垂象六

位成日月西流景東征悠悠萬物殊品名聖人憂代念羣生

又歌天詩天行一何健日月無高蹤百川

省赴海三辰回泰蒙

梁劉孝綽三光篇三光垂表象天地有晷度聲和善響應形立景自附素日抱玄烏明月懷靈兎

陳張正見賦得秋河曙耿耿詩耿耿長河曙濫濫宿雲浮天路橫秋水星衡轉夜流月下姮娥落風驚織女秋德星猶可見仙槎不復留

宋之問明河篇八月涼風天氣晶萬里無雲河漢明昬見南樓清且淺曉落西山縱復橫洛陽城闕天中起長河夜夜千門裏複道連甍共蔽虧畫堂瓊戶特相宜雲母屛前初泯濫水精簾外轉逶迤倬彼昭回如練白復出東城接南陌南陌征人去不歸誰知今夜擣寒衣鴛鴦綺上踈螢度烏鵲橋邊一鴈飛鴈飛螢度愁難歌坐見河傾漸微沒已能舒卷任浮雲不惜光輝讓流月明河可望不可親願得乘槎一問津更將織女支機石還訪成都賣卜人

讚

郭璞釋天地圖讚祭地肆瘞郊天致煙氣升太一精論九泉至敬不文明德惟鮮

宋何承天天讚軒轅改物以經天人容成造曆大撓創辰龍集有次星紀乃分

日第二

叙事

說文云日者實也太陽之精字從○一象形也又君象也淮南子云日出於暘谷入於咸池拂於扶桑是謂晨明登於扶桑之上扶桑東方之野爰始將行是謂朏斐明朏明將明也至于曲阿曲阿山名是謂朝明臨于曾泉曾重也早食時在東方多水之地故曰曾泉是謂早食次于桑野是謂晏食臻于衡陽是謂隅中對于昆吾昆吾丘在南方是謂正中靡于鳥次鳥次西南方之山名是謂小遷至于悲谷悲谷西南方之大壑是謂晡時迴于女紀女紀西方陰也是謂大遷經于泉隅是謂高舂言尚未冥

上蒙先春曰高春頓于連爛石是謂下春連石西北山名言將欲冥下蒙悉春故曰
下春爰止羲和爰息六螭是謂懸車日乘車駕以六龍羲和御之日
至此而薄於虞泉羲和至北而迴六螭薄於虞泉是謂黃昏淪于蒙谷
是謂定昏日入崦淹嵫茲音亦曰落棠山經於細柳細柳西方
之野入虞泉之池曙於蒙谷之浦蒙谷濛汜之水日西垂景
在樹端謂之桑榆言其光在桑榆樹上已上並淮南子文又爾雅云東至日所出爲泰平西
至日所入爲泰蒙廣雅云日名耀靈一名朱明一名東君
一名大明亦名陽烏日御曰羲和山海經曰東南海之水甘泉之
間有羲和國有女子曰羲和爲帝俊之妻是生十日常浴日於甘泉郭璞注羲和能生日也故曰爲羲和之子堯因是立羲和

之官以主四時纂要云日光曰景星月之光通謂之景日影曰晷日
氣曰晛乃見反詩曰見晛日消毛傳云晛日氣也日初出曰旭日昕曰晞
大明曰昕詩曰匪陽不晞晞乾也言日昕乾濕物也日溫曰煦在午曰亭午在
未曰昳日晚曰旰日將落曰薄暮日西落光反
照於東謂之反景景在上曰反景在下曰倒景
日有愛日畏日愛冬日也畏夏日也左傳曰冬日可愛夏日可畏遲日遲春日也詩曰
春日遲遲

事對

麗天　出地易曰日月麗乎天百穀草木麗乎地文子曰日出於地萬物蕃
息合璧　連珠漢書曰太初曆晦朔弦望皆最密日月如合璧淮南子曰若木在建木西末有十日
其華照地高誘注曰末端也若木端有十日狀如連珠華光照其下地兩珥　重輪雜兵書曰日[illegible]

者如半暈也法當在日上有冠文有兩珥者尤
吉管子曰盛暤重輪六合俱照非日月能乎 **火精 陽德**
范子計然曰日者火精也火者外景主晝居晝而
爲明處照而有光春秋內事曰日者陽德之母也 **再中 三**
舍 風俗通曰成帝問劉向俗說文帝及徵後期不得立日爲
再中向曰文帝少即位不容再中淮南子云魯陽公與韓
搆難戰酣日暮援戈而
撝之日爲之反三舍 **分陰 寸晷** 王隱晉書曰陶侃少
長勤整自强不息常
語人曰大禹聖人乃惜寸陰至於凡俗當惜分陰潘尼詩
曰尺璧信易遺寸晷難可踰成名非我事所翫琴與書 **麟**
鬬 鹿解 淮南子曰虎嘯而谷風至麟鬬則日月蝕許愼注
曰麒麟大角之獸故與日相動又曰日者陽之至
是以春夏則羣獸除角禮記曰日
冬至而麋角解日夏至鹿角解 **鞠陵 蒙谷** 山海經曰
天荒之中
有山名曰鞠陵于天東極
離瞀日月所出蒙谷見上 **高春 下枝** 高春見上山海經
曰天荒之中湯谷
上有扶桑木十日所浴九日居
下枝一日居上枝皆戴烏也 **測景 步晷** 周禮曰大司
徒以土圭之
法測土深淺正日景以求地中日南則景短多暑日北則景長
多寒陸士衡擬連珠曰情見於物雖遠猶疎神藏於形雖近則
密是以儀天步晷而脩短可
量臨川揆水而淺深難測 **建木 拒松** 呂氏春秋曰白
民之南建木之
下日中無影蓋天地之中也山海經曰大荒之
中有方山上青松名曰拒格之松日月所出入 **貫白虹 夾**
赤鳥 漢書曰鄒陽上書說梁孝王曰昔荊軻慕燕丹之義白
虹貫日太子畏之左傳曰哀公六年楚有雲如衆赤鳥
夾日以飛三日楚子使問周太史太史曰其當王身若禜之可
移於令尹司馬王曰移腹心之疾置之股肱何益王弗禜而死
孔子曰昭王其
不失國也宜哉 **夸父棄杖 魯陽揮戈** 山海經曰夸父
逐日渴飲河渭
不足北飲大澤未至道渴而死棄其杖化爲鄧林也郭璞
注曰夸父神人言能反日景魯陽事已見上三舍注中 **似**
騏步 類鳧飛 王充論衡曰日晝行千里夜行千里騏驥
晝日亦千里然則日行舒疾與騏驥步相
類又曰日月一日一夜行二
萬六千里與鳧飛相類 **長安近 車輪遠** 劉昭幼
童傳曰

晉明帝諱紹元帝太子也初元帝爲江東都督鎮揚州時中原喪亂有人從長安來元帝問洛下消息潸然流涕帝年數歲問泣故具以東渡意告之因問帝汝意謂長安何如日遠答曰不聞人從日邊來只聞人從長安來居然可知元帝念之明日集群臣宴會設以此問明帝又以爲日近元帝動容問何故異昨日之言答曰舉頭不見長安只見日以是知近帝大悅列子曰孔子東遊見兩小兒闘辨問其何故一兒曰我以日始出去人近日中時遠日出初大如車輪其中時如盤盂此不爲遠者小而近者大乎一兒曰日初出蒼蒼涼涼及其中時如探湯此不爲近者熱而遠者涼乎孔子不能决兩兒笑曰孰謂汝多知乎

詩

太宗文皇帝賦秋日懸清光賜房玄齡詩 秋露凝高掌朝光上翠微參差麗雙闕照耀滿重闈仙馭隨輪轉靈烏帶景飛臨波無定彩入隙有圓暉還當葵藿志傾葉自相依

又賦得白日半西山詩 紅輪不暫駐烏飛豈復停岑霞漸漸落溪陰寸寸生藿葉隨光轉琴心逐照傾晚煙含樹色棲鳥雜流聲

梁簡文帝詠朝日詩 團團出天外煜煜上層峯光隨浪高下影逐樹輕濃

梁李鏡遠日詩 始臨東岳觀俄升若木枝萍實詎儔彩合扇且慙規比林耿初曜負窓鑒早華照庭餘雪盡映簷溜滴垂徘徊匝花樹煜爚滿春池柳陰才歷歷簾影復離離曾泉豈停含桑樹■在斯迴戈安得中長繩不可羈冲情愛景落潰宴惜光馳溫暉徒已倚深心竊自知

梁劉孝綽詠日應令詩 弭節馳湯谷照檻出扶桑園葵一何幸傾葉奉離光

陳徐陵日華詩 朝暉爛曲池夕照滿西陂復有當晝景江上鑠光儀時從高浪歌作逐細波移一在彫梁上詎比扶桑枝

隋康孟詠日應趙王教詩 金烏升曉氣玉檻漾晨曦先泛扶桑海反照若華池洛浦全開鏡衡山半隱規相歡承愛景共惜寸陰移

虞世南奉和詠日午詩 高天淨秋色長漢轉曦車玉樹陰初正桐圭影未斜翠蓋飛圓影明鏡發輕花再中良表端共仰壁暉賒

褚亮奉和詠日午詩 曦車日亭午涇箭未移暉日光無落照樹影正中圓草萎看稚靡葉燥望疑稀盡寢慙經笥暫解入朝衣

董思恭日

詩 滄海十枝暉玄圃重輪慶蕣華發晨楹菱彩翻朝鏡忽遇驚風飄自有浮雲映更也人皆仰無待揮戈正

月第三

叙事

淮南子云月者太陰之精釋名云月闕也言滿則復闕也漢書云月立夏夏至行南方赤道曰南陸立秋秋分行西方白道曰西陸立冬冬至行北方黑道曰北陸分則同道至則相過晦而見西方謂之朓朔而見東方謂之朒亦謂之側匿朓音他了反朒音女六反朓健行疾貌也朒縮遲貌也側匿猶縮懦亦遲貌釋名云朏月未成明也魄月始生魄然也承大月月生二月謂之魄承小月月生三日謂之朏朏音斐朔月初之名也朔蘇也月死復蘇生也晦月盡之名也晦灰也死爲灰月光盡似之也弦月半之名也其形一旁曲一旁直若張弓弦也望月滿之名也日月遥相望也淮南子云月一名夜光月御曰望舒亦曰纖阿

水氣 金精 淮南子曰日月天之使也積陰之寒氣久者爲水水氣之精者爲月河圖帝覽嬉曰月者金之精也

觀蓂 視桂 抱朴子曰昔帝軒候鳳鳴以調律唐堯觀蓂莢以知月常五代紀云堯時有草夾階而生每月朔日生一莢至月半則生十五莢至十六日後日落一莢至月晦而盡若月小餘一莢王者以是占歷應和而生以爲堯瑞名之蓂莢一名歷莢一名仙茆虞喜安天論曰俗傳月中仙人桂樹今視其初生見仙人之足漸已成形桂樹後生

合璧 破環 合璧已見上抱朴子曰王生云月不圓者月初生及既虧之後視之宜如三十鏡揹

破

稍轉大不當如破環漸漸滿也
金兔 瑶蟾 河圖帝覽嬉曰月首金之精又張衡靈憲曰月者陰精而
成獸象兔蛤焉又劉孝綽詩曰明明三五月垂影當高樹攢柯
半玉蟾裛葉缺金兔王子年拾遺記曰瀛海南有金巒之觀飾
以衆寶左懸則火精爲日刻黑玉爲烏右以水精
爲月削青瓀爲蟾兔亦有神龍神鳳徘徊其邊
圓璧 破
鏡 庾肅之玉讚曰圓璧月鏡瑶琳星羅結秀藍田擢眞荆和
古詩曰藁砧今何在山上復有山何當大刀頭破鏡飛在
天
三珥 重輪 軍國占候曰若月有三珥者大臣有喜若
月蝕而復暈者天下有喜雀豹古今注曰
漢明帝作太子樂人歌四章以贊太子之德其一
曰日[redacted]光二曰月重輪三曰星重曜四曰海重潤
似鈎 如
璧 枚乘月賦曰猗嗟明月當心而出隱圓巖而似鈎
蔽脩堞而如鏡何偃月賦曰遠日如鑑滿月如璧
方珠
缺暈 淮南子曰方諸見月則津而爲水高誘注曰方諸陰燧
大蛤也熟摩令熱以白月則水生也許慎注曰諸珠也
方名也淮南子又曰畫隨灰而月暈闕許慎注曰有軍事
相圍守則月暈以蘆灰環缺其一面則月暈亦闕於上
金

悦

波 璧光 漢書曰月移穆以金波日華耀以宣明尚書中候
曰甲子冬至日月若懸璧何偃月賦曰日月雖如
璧以光
爲形
北堂 西園 陸士衡詩曰安寢北堂上明月入我
牖照之有餘輝攬之不盈手曹植詩
曰清夜遊西園飛蓋相追隨
明月澄清影列宿正參差
居蠩 顧兔 春秋元命苞曰
月之爲言闕也
而設以蟾蠩與兔者陰陽雙居明陽之制陰陰之倚陽
楚詞曰夜光何德死而又育厥利維何而顧兔在腹
似紈
扇 如玉鈎 班婕妤怨歌行曰新裂齊紈素鮮絜如霜雪裁
爲合歡扇團團似明月鮑照詩曰始見西南樓
纖纖如玉鈎末映西
北墀娟娟似蛾眉
鑒阮帷 照潘室 阮籍詩曰夜中不
能寐起坐彈鳴琴
薄帷鑒明月清風吹我衿潘岳悼亡詩曰皎皎
窓中月照我室南端清商應秋至溽暑隨節闌
吳牛喘 魏
鵲飛 劉義慶世說曰滿奮畏風在武帝坐北窓作琉璃屛風
實密似踈奮有難色帝笑之奮荅曰臣猶吳牛見月而
喘魏武帝短謌行曰月明星稀
烏鵲南飛繞樹三匝何枝可依
蟾兔並 麟龍鬪 五經通
義曰月

中有兎與蟾蜍並月陰也蟾者陽也而與兎並明陰係於陽也春秋元命包曰蟾龍闘日月薄蝕

賦 宋謝靈運怨曉月賦 卧洞房兮當何悅撫華燭兮弄曉月昨三五兮既滿今二八兮將缺浮雲褰兮收汎灔明釺照兮殊皎潔墀除兮鏡鑒廊櫳兮澄徹

宋謝莊月賦 陳王初喪應劉端憂多暇悄兮疚懷弗怡中夜干時斜漢左界北陸南躔白露暎空素月流天沉吟齊章殷勤陳篇抽毫進牘以命仲宣仲宣跪而稱曰臣聞日以陽德月以陰靈擅扶光於東沼嗣若英於西濵引玄兎於帝臺集素娥於后庭若夫氣霽地表雲斂天末洞庭始波木葉微脫升清質之悠悠降澄輝之藹藹列宿掩縟長河韜映柔祗雪凝圓虛水鏡連觀霜縞周除水淨歌曰美人邁兮音塵闊隔千里兮共明月

詩 大宗文皇帝遼城望月詩 玄兎月初明澄輝照遅謁映雲光暫隱隔樹光如綴魄滿桂枝圓輪虧鏡彩缺臨城却影散帶暈重圍結駐蹕俯九都佇觀妖氣滅

梁元帝望江中月詩 澄江涵月影水影若浮天風來如可汎流急不成圓秦鏡斷復接和璧碎還聯裂紈依岸草斜桂逐行船即此清江上無傒百枝然

梁沈約詠月詩 月華臨淨夜夜淨滅氛埃方暉竟入戶圓影隙中來高樓切思婦西園遊上才綢軒映珠綴應門照綠苔洞房殊未曉清光信悠哉

梁朱超舟中望月詩 ■大江闊千里孤舟無四鄰唯餘故樓月遠近必隨人風光逜暈■霧急移輪若教長似扇堪拂艷歌塵

梁庾肩吾和望月詩 桂殿月偏來留光引上才圓隨漢東蚌暈逐淮南灰渡河光不濕移輪轅詎開此夜臨清景還承終宴杯

又和徐主簿望月詩 樓上徘徊月窗中愁思人照雪光偏冷臨花色■春星流時入暈桂長欲侵輪願以重光曲承君歌扇塵

梁戴嵩月重輪行詩 皇儲屬明兩副德表重輪重輪非是暈桂滿月恒春海珠全更減階蓂翳且新婕妤比圓扇曹王譬洛神浮川疑讓璧入戶類燒銀從來看顧兎不曾聞鬪麟北堂豈盈手西園偏照人

陳張正見薄帷鑒明月詩 長河上月桂澄彩照高樓分簾疑碎璧隔幔似重鉤窗外光恒滿帷中影暫流豈及西園夜長隨飛蓋遊

周王褒關

山月詩 關山夜月明愁色照孤城半形同漢陣全影逐胡兵灰寒色轉白風多暈欲生寄言亭上吏遊客解雞鳴

隋庾信舟中望月詩 舟子夜離家開船望月華山明疑有雪岸白不關沙天漢看珠蚌星橋視桂花灰飛重暈缺蓂落獨輪斜

董思恭詠月詩 北堂未安寢西園聊騁望玉戶照羅幃珠軒明綺障別客長安道思婦高樓上所願君莫違清風時可訪

星第四

敘事

釋名曰星者散也言列位布散也漢書云星者金之散氣與人相應凡萬物之精上爲列星長庚太白星也春秋說題辭曰星之爲言精也陽之榮也陽爲日日分爲星故其字日生爲星 玉羊狼星也金雞賀星也 周官天星皆有州國分野

角亢氐兗州房心豫州尾箕幽州斗牽牛婺女楊州虛危青州營室東壁幷州奎 音睽 婁胃徐州昴畢冀州觜觿 以彌反 參益州東井鬼雍州柳七星張三河翼軫荊州堪輿家云玄枵爲齊之分星紀吳越之分析木之津燕之分大火宋之分壽星鄭之分鶉尾楚之分鶉火周之分鶉首秦之分實沈魏之分火梁趙之分降婁魯之分訾 即移反 娵 子于反 衛之分太史掌之以觀妖祥穀梁云列星曰恒星亦曰經星 恒經皆常 漢書音義云瑞星

曰景星亦曰德星妖星曰孛星彗星長星亦曰
欃槍絶跡而去曰飛星光跡相連曰流星亦曰
奔星星光曰芒爾雅云祭星曰布布散食於地上事對紫
極 文昌荆州星占曰北辰一名天關一名北極北極者紫宮天座也史記曰斗魁戴匡六星曰文昌宮一曰
上將二曰次將三曰貴相四曰司命五曰司中六曰司祿天街 帝座漢書高祖[redacted]年月暈圍參畢七
重占曰畢昴間天街也街北胡也街南中国也史記曰中端門門左右掖門門內六星諸侯也其內五星五帝座編
珠 連貝尚書中候曰天地開闢甲子冬至日月若懸璧五星若編珠尚書考靈曜曰日月五星冬至起牽牛
日月若懸璧仰觀天形如車蓋衆星纍纍如連貝 貫珠 隕石易坤靈圖曰至德之萌五星若貫珠
左傳僖公十六年春隕石于宋五隕星也 食昴 襲月漢書鄒陽上書曰衛先生爲秦畫長平之事太
白食昴昭王疑之劉向說苑曰秦胡亥立日月薄食山林淪亡枉矢光熒襲月 金精 石質天官星占曰太
白者金之精白帝之子大將之象也黃石公記云黃石鎮星之精也黃者鎮星色也石者星質也 五色 重
耀禮斗威儀曰審候五色宋均注曰北斗七星有五色宮商角徵羽各應其星崔豹古今注曰漢明帝爲太子樂人作
歌曰星重耀以太于比德故云重也 虹流 電繞河圖曰太星如虹下流華渚女節意感生白帝朱宣帝王
世紀神農氏之末少典氏娶附宝見大電光繞北斗樞星照郊感附宝孕二十月生黃帝於壽丘 天孫 婺女
漢書曰河鼓大星上將其北織女織女天女孫也廣雅曰須之婺女婺女謂之實沉 散錦 曳練庾闡詩曰
玄景如映璧繁星如散錦沈約宋書曰孫休永安二年將守質子羣聚嬉戲有異小兒忽來曰我非人熒惑星也言訖飛上升
仰而觀之若曳一匹練有頃而沒 五佐 二使史記水火金木土此五星者天之佐爲經緯見伏有時范曄後
漢書曰和帝分遣使者二人各至州郡觀採風謡二人當到益部投候館吏李郃舍郃問曰二君發京師時知朝廷遣二使至

郡問何以知之郎指星云前有二星向益州分野**歲精** **昴宿**漢武帝内傳曰西王母使者至東方朔死上以問使者對曰朔是木帝精爲歲星下遊人中以觀天下非陛下之臣春秋佐助期曰漢相蕭何長七尺八寸昴星精生耳參漏月角大形尒雅曰西陸昴星也郭璞注昴西方之宿别名旄頭是此也**處士憂** **賢人聚**檀道鸞續晉陽秋曰會稽謝敷字慶緒隱若耶山忽月犯少微星少微一名處士星時戴逵名著於敷時人憂之俄而敷死故會稽人士嘲吴人曰吴中高士求死不得陳仲弓從諸子姪造荀季和父子于時德星聚大史奏五百里内有賢人聚

騏麟生 **鯨魚死**春秋運斗樞曰天樞得則景星見衡星得則騏麟生万人壽淮南子曰鯨魚死而彗星出許慎注曰彗除舊布新也**三舍** **四守**宋景公時熒惑在心公召子韋問之子韋曰禍當君可移於宰相公曰宰相所以与理国家曰可移百姓公曰百姓死寡人將誰爲君曰可移於歲公曰歲荒人必死爲人君而殺其人誰以我爲君乎子韋曰君有至德之言三天必賞君熒惑必徙三舍果三徙淮南子曰四守者所司賞罰許慎注曰四守

紫宮軒轅咸池天河也**遵七紀** **行四時**春秋運斗樞曰五帝所司道異位皆循斗樞機衡之分遵七政之紀九星之法閔令内傳曰北斗一星面百里相去九千里皆二十四氣四宿行四時五方立五星主五岳也

賦

宋張鏡觀象賦陟秀峯以遐眺望靈象於九霄覩紫宮之環周嘉帝座之獨標瞻華蓋之蔭藹何虚中之迢迢仍縱目遠覽傍極四維北監辰極南覩太微左則天紀槍欃攝提大角二咸防奢七公理獄右則少微軒轅尊卑有秩御宮典衣女史秉筆内宰執礼以伺邪天牢禁愆而察失遠尋終古悠然獨詠美景星之継晝大唐堯之德盛嘉黃星之靡鋒明虞舜之不競歎熒惑之舍心高宋景之守政辨斬諫以星孛紂耽荒而致彗恒星不見而周衰枉矢蛇行而秦滅諒人事之有由豈妖災之虚設誠庸主之難悟故明君之所察亢无爲而觀象況德非乎明哲

梁陸雲公星賦漢武帝後遊昆明之池顧謂司馬遷相如曰星之明麗矣考之於歌頌求之於經史龍星著於虢童天漢表於周士既妖謡之躰陋嗟怨刺之㝵鄙每欝悒而未攄思命篇於二子於是司馬遷對曰臣代典天官緒由南正撿之圖籍傳之視聽臣聞連珠合璧耀靈之所起也春鳥秋虚歷數之所紀也應黃鍾而正位建玉衡以辨方五緯

躔而周道四野分而畫疆至如下方爽德上玄告變或守位而易所或淩光而掩炫故夫應若轉環信如合契俾明鏡與元龜冝敕身而炯戒長卿操牋染翰思溢情煩遷延奉筆繼響而言曰日窮於西月生於東重輪晻而時缺上枝棲而未融豈若帝車之獨運隨圓蓋而不窮帝乃歌曰白日沒兮明月移繁星曙兮情未疲

詩 北齊邢子才賀老人星詩 瑞動星光照化穆月輪重庶徵符祉籙將以贊時雍

隋煬帝月夜觀星詩 團團素月淨翛翛夕景清谷泉驚暗石風松動夜聲被衣出荊戶躡履步山楹欣覩明堂亮喜見太階平觜參猶可識牛女尚分明更移斗柄轉夜久天河橫徘徊不能寐參差幾種情

諸葛潁奉和月夜觀星詩 窅窱神居遠蕭條更漏深薄煙爭還色高樹靄清陰星月滿並夜燦爛還相臨連珠欲東上團扇漸西沉澄水含斜漢脩樹隱橫參時聞送籌柝屢見繞枝禽聖情記餘事振玉復鳴金

袁慶奉和月夜觀星詩 六龍初匿景顧兎始馳光戍井傳宵漏山庭別夕涼宸居多勝託閑步出琳堂爛爛星芝動耿耿清河長青道移天駟北極轉文昌喬枝猶隱畢絕嶺半侵張仰觀留玉裕睿作動金相無庸徒抱寂何以繼連章

蕭琮奉和月夜觀星詩 陽精去南陸大曜始西流夕風凄謝暑夜氣應新秋重門月已映嚴城漏漸脩臨風出曙樹度月蔽層樓靈河隔神女仙轡動星牛玉衡指棟落瑤光對幌留徒知仰閶闔乘槎未有由

虞世南奉和月夜觀星應令詩 旦秋炎景暮初弦月彩新清風滌暑氣文露淨囂塵蕩霧銷輕轂鮮雲卷夕鱗休光灼前曜瑞彩接重輪緣情摛聖藻並作命徐陳宿草誠渝濫吹噓偶搢紳天文豈易述徒知仰北辰

董思恭詠星詩 歷歷東井舍昭昭右掖垣雲際龍文出池中鳥色翻流輝下月露墜影入河原方知潁川集別有太丘門

陳張正見星名從軍詩 將軍定朔邊刀斗出祁連高柳橫迢塞長榆接逺天井泉含東蝎烽火映燕然欲知客心斷危旌萬里懸

雲第五

敘事 春秋元命苞曰陰陽聚爲雲說文曰

雲山川氣也從雨云象回轉形也霒一金反雲覆
日也霃沉雲久陰也淒雨雲起也渰掩雨雲貌
也詩云有渰淒淒興雨祈祈周禮保章氏以五雲之物辨吉凶
鄭司農注云二至二分觀雲色青為蟲白為喪
赤為兵荒黑為水黃為豐至謂冬夏至分謂春秋分又東方朔傳曰凡占長吏
東畔當視天有黃雲來如覆車五穀大熟青雲致兵白雲致盜烏黑雲多水赤雲有火公羊云觸石
而起膚寸而合不崇朝而雨者唯泰山雲乎京
房易飛候占曰視西方常有大雲五色其下賢
人隱也青雲潤澤在西北為舉賢良黃雲如覆

車大豐也西京雜記曰瑞雲曰慶雲曰景雲雲五
色曰慶慶雲或曰卿雲雲外赤内青謂之矞雲雲二
色曰矞亦瑞雲也以律反雨雲曰油雲孟子曰油然作雲雪雲曰同雲詩云
上天同雲雨雪雰雰同雲謂雲陰竟天同為一色雲師曰屏翳呂氏春秋云雲將亦
雲之師司馬彪注莊子云雲將雲之主帥

事對

堯璧 漢鼎尚書中候曰堯
沉璧於河白雲起迴風搖落漢書曰汾陰得寶鼎天子乃以禮祠之鼎至中山黃雲蓋焉又西都賦曰寶鼎見兮色紛氳吐金
景兮歆浮雲

沛歌 汾辭史記高祖過沛擊筑自為歌曰大風起兮雲飛揚威加四海兮歸故鄉漢
武帝秋風詞曰秋風起兮白雲飛草木黃落兮鴈南歸

赤烏 丹蛇左傳曰哀公元年有雲如衆赤
烏夾日以飛三日兵書曰有雲如丹蛇隨星後大戰殺將

從龍 翼鳳易曰雲從龍風從虎陸士衡雲

賦曰翼靈鳳於蒼梧起滯龍於潢汙

鵬翼　魚鱗　莊子曰大鵬摶扶搖而上九萬里翼若垂天之雲呂氏春秋曰山雲草莽水雲魚鱗旱雲烟火雨雲水波

扶日　干呂　洛書曰蒼帝起青雲扶日赤帝起赤雲扶日黃帝起黃雲扶日東方朔十洲記曰天漢三年月氏國獻神香使者曰國有常占東風入律百旬不休青雲干呂連月不散意中國將有妙道君故搜奇異而貢神香

金枝　玉葉　古今注曰黃帝與蚩尤戰於涿鹿之野常有五色雲氣金枝玉葉止於帝上有花葩之象故因作華蓋也

觸石　潤礎　春秋說題辭曰雲之爲言運也動陰路觸石而起謂之雲舍陽而起以精運也淮南子曰山雲蒸柱礎潤

冠纓　車蓋　易通卦驗曰寒露正陰雲出如冠纓霜降大陰雲出上如羊下如磻石王沉魏書曰文帝生時有雲氣青色而圓如車其上終日望氣者以爲至貴之證非人臣之氣

膚合　寸并　公羊傳曰觸石而出膚寸而合不崇朝而雨乎天下者唯泰山雲爾袁豹秋霖賦曰玄雲四集膚合寸并光幕六合奄藹杳冥

如繒　似布　易通卦驗曰立秋濁陰雲出如赤繒處暑赤雲出南黃北蒼軍中占候曰若壬子日有黑雲似一疋布者其國兵起

若煙　非霧　史記曰若煙非煙若雲非雲郁郁紛紛蕭索輪囷是謂鄉雲鄉雲嘉氣也魏武兵書撫要曰孫子稱司雲氣非雲非煙非塵非霧形似禽獸客吉主人之忌

圍軫　干日　春秋文燿鉤曰楚有蒼雲如霓圍軫七蟠中有荷斧之人向軫而蹲京房風雨要決占候曰朝雨法有黑雲如一匹皂二日中即一日大雨二四二日雨三四十日雨

出蒼梧　至帝鄉　歸藏曰有白雲出蒼梧入于大梁莊子曰夫聖人天下有道與物皆昌天下無道則厭俗上僊乘彼白雲至于帝鄉

賦

晉陸士衡浮雲賦　有輕虛之艷象無實體之真形原厥本初浮沉混并六律和應八風時邁玄陰飄石甘澤滂霈勢不崇朝覆被無外若魯臺高觀重樓疊閣或如鍾首之鬱律乍似塞門之寥廓金柯分玉葉散緑翹明嚴英煥鸞翔鳳翥鴻驚鶴奮鯨鯢泝波鮫鰐衡遁朱絲亂紀羅袖失領飛仙凌虛隨風遊騁有若芙蓉群披舞華總會車渠繞理馬腦縟文

晉成公綏雲賦　於是玄風柳散歸雲四旋冰消瓦解

弈弈翩翩去則滅軌以无跡來則幽闇以杳冥舒則弥綸覆四
海卷則消液入无形或狎獵鱗次參差交錯上捷業以鬲倚下
壘嵬而相薄狀巖嵬而不安吁可畏而欲落或槩爛綺藻若畫
若規繁縟成文一續一離或綉文錦章依微要妙綿邈淩虛輕
翔浮漂

詩 唐太宗同賦含峯雲詩 翠樓含曉霧蓮峯帶晩雲玉葉依岩聚金
枝觸石分橫天結陣影逐吹起羅文非復陽臺下空將惑楚君

梁沈約和王中書德充詠白雲 白雲自帝鄉氣蓋孤峯迴没蔽崑山樹含吐瑶臺月秋風西北起飄我過城闕城闕以參差白雲復離離
皎潔在大漢倒影入華池將過丹丘野時至碧林埀九重迎飛蓋方里送翔螭

陳張正見賦得題新雲詩 西北春雲起逷疊暗松根危繞吐葉氣淺未成峯風前飛未斷日處影疑重躰輕无五色詎是得從龍

又賦得白雲臨酒詩 白雲蓋濡水流彩入澠川跡葉臨拂竹輕鱗入鄭舡菊泛金枝下峯
斷王山前一朝開五色飄飄映十千

陳蔡凝賦得處處春雲生詩 春色遍空
明春雲處處生入風衣暫斂隨車蓋轉輕作葉還依樹爲樓欲近城含愁上對影似有別離情

隋孔範賦得白雲抱幽石詩 白雲浮遠蓋飄飄繞石飛帶蓮縈錦色拂鏡下仙衣陣結香炉隱羅成玉
女微能惑荆王夢陽臺雜雨歸

于季子詠雲 瑞雲千里映祥輝四望新隨風乱鳥足汎水結魚鱗
布葉疑臨夏開花詎待春願得承嘉景无令掩桂輪

董思恭詠雲 帝鄉白雲起飛蓋上天衢帶月
綺羅映從風枝葉數參差過層閣倏忽下蒼梧因風望旣遠安得久踟躕

風第十八

叙事 莊子云大塊噫意依界反氣其名曰風言天地噫氣則万竅怒號而爲風

易緯曰八節之風謂之八風立春條風至東北春分明
庶風至東方立夏清明風至東南方夏至景風至南方立秋涼風
至西南方秋分閶闔風至西方立冬不周風至西北方冬至廣莫

風至北方又呂氏春秋說八風東北曰融風高誘注亦曰融風東方曰滔風南方曰薰風南方曰巨風西方曰飂風西北曰厲風北方曰寒風爾雅云東風曰谷風詩云習習谷風南風曰凱風詩云凱風自南西風曰泰風詩云泰風有隧北風曰涼風詩云北風其涼又大戴禮南風曰後風暴風從上下曰頹從下上曰飈亦曰扶搖迴風曰飄卑遙反日出而風曰暴陰而風曰曀風而雨土曰霾莫乖反月令云疾風曰首風又說文颷疾風也廣雅云大風俗通曰猛風曰颲列涼風曰瀏劉微風曰飉遼小風曰颼搜小風從孔來曰颭呼穴反呂氏春秋風師曰飛廉爾雅云祭風曰磔

道中磔狗而祭以止風春晴日出而風曰光風楚詞注天霽日明微風動搖草木皆令有光秋冬餘曰緒風楚辭注曰緒餘也謝靈運詩云初景革緒風新陽改故陰風吹萬物有聲曰籟出莊子注終日風謂之終風出詩

鳶鳴　虎嘯禮記曰前有塵埃則載鳴鳶鄭注曰鳶謂舉鳶鴟也鴟鳴則風生淮南子曰虎嘯而谷風至高誘注曰虎陽獸與風同類汾河　易水漢武帝秋風辭曰秋風起兮白雲飛草木黃落兮鴈南歸汎樓船兮濟汾河橫中流兮揚素波燕丹子曰太子送荊軻於易水之上荊軻起爲壽歌曰風蕭蕭兮易水寒壯士一去兮不復還高漸離擊筑和之爲壯聲則士髮衝冠爲哀聲則士皆流涕大王　少女宋玉風賦曰此獨大王之風耳管公明傳曰公明言樹上已有小文微風銅烏　石鷰郭緣生述征記長安南有靈臺高十仞上有銅渾天儀又有相風銅烏或云遇千里風乃動庾仲淮湘州記曰零陵山有石鷰遇雨則飛雨止還化爲石也

折木 偃禾 史記曰項王圍漢王三匝於是風從西北起
折木發屋揚沙石楚軍大亂漢王乃得數十
騎遁去尚書曰周公居東三年天大風禾盡偃大木斯拔邦人
大恐王與大夫盡弁以啓金縢之書乃得周公所自以爲功代
武王之說天乃 獵蕙 泛蘭 宋玉風賦曰獵蕙草楚
反風禾盡起 詞曰光風轉蕙汎崇蘭 鷁
退 鵬摶 左傳曰僖公十六年春六鷁退飛過宋都風也莊
子曰北溟有魚其名曰鯤化而爲鳥其名曰鵬摶
扶搖上者九萬里司馬 動扇 搖翣 班婕妤詩曰新裂齊
虎注曰扶搖上行風 紈素鮮潔如霜雪裁
爲合歡扇團團似明月出入君懷袖動搖微風發帝王世記曰
堯時廚中自生肉脯薄如翣搖鼓則生風使食物寒而不臭名
曰萐脯翣 虞琴 漢筑 帝王世紀曰舜彈五絃琴歌南風
音山甲反 詩曰南風之薰兮可以解吾人之
慍兮漢書曰高祖 吹阮衿 楊袁扇 阮籍詠懷詩曰夜中
過沛擊筑自歌 不能寢起坐彈鳴琴
薄帷鑒明月清風吹我衿孫盛晉陽秋曰袁宏爲東 尹喜占
郡謝安執宏手授扇宏曰輒當奉揚仁風慰彼黎庶

列子御 神仙傳曰老子將去周而出關以升崑崙關令尹喜
占風逆知當有神人來過乃掃道見老子老子知喜
命應得道乃停關下以長生之事授之莊子曰子列子御風而
行泠泠然善旬五日而後返司馬虎注曰列子鄭人列御寇也
御迎也泠泠 斷大刑 赦小過 五經通義曰不周風至則
然涼皃也 修宮室完邊城廣莫風至
則誅有罪斷大刑春秋考異曰 爰居避災 鳥鵲識歲 國
條風至王者赦小罪而出稽留 語
曰海鳥曰爰居止於魯國東門之外臧文仲使國人祭之展禽
曰今茲海島有災乎夫廣川鳥獸恒知避其災也是歲也海多
大風虞翻注曰是爰居之所避也淮南子曰鳥鵲
識歲之多風去喬木而巢扶枝許慎注曰扶傍也 賦 楚宋
玉風賦 楚襄王遊於蘭臺之宮宋玉景差侍有風飄然而至
王乃披襟而當之曰快哉此風寡人與庶人共耶宋
玉對曰夫此獨大王之風耳庶人安得共之玉曰夫風生於地
起於青蘋之末浸淫谿谷緣太山之阿舞於松栢之下故其清
涼雄風則飄忽升降乘凌高城入于深宮徘佪於桂椒之間翱
翔於激水之上獵蕙草離秦衡槩新夷披梯楊北上玉堂躋于

（日落山水靜爲君起松声）董思恭詠風詩（蕭蕭度閶闔習習下庭闈花蝶自飄舞蘭蕙生光輝相烏正舉翼退鷁已驚飛方從列子御更逐浮雲歸）

雷第七

敘事

穀梁傳云陰陽相薄感而爲雷激而爲霆霆電也爾雅云疾雷爲霆■（郭璞注疾雷謂雷音急激者謂之霹靂）何休注公羊云雷疾甚者爲震案五經通義云震與霆皆霹靂也電謂之雷光也後漢郎顗上書云凡藏冰以時則雷出不震弃冰不用則雷不發而震雷於天地爲長子以其首長萬物與其出入也（易曰震爲雷又曰震爲長男）雷二月出地百八十三日雷出則萬物出八月入地百八十三日雷入則萬物入入能除害出則興利人君象易曰雷出地奮豫雷者所以開發萌牙辟除災害萬物須雷而解資雨而潤故經曰雷以動之雨以潤之王者從春令則雷應節否則發動於冬當出反潛易傳曰當雷不雷陽德弱也抱朴子云雷天之鼓也（王充論衡云圖畫之工圖雷之狀如連鼓形又圖一人若力士謂之雷公使左手引連鼓右手椎之）雷神曰雷公雷有洊雷（易曰洊雷震洊重也）殷雷（詩云殷其雷殷音隱雷声）奮雷（易曰雷出地奮豫）迅雷（論語曰迅雷風烈必变）

事對

發天 出

地 漢書曰迅雷風妖怪蜚變氣此皆陰陽之精本在地而上發於天周易曰雷出地奮豫先王作樂崇德殷薦上帝以配祖考

石室 金門 孟與北征記曰凌雲臺南角一百步有白石室名避雷室荊州記曰湖陽縣樊重母畏雷為石室避之悉以石為階師曠占曰初雷從金門起上田旱下田熟一曰歲中兵革起

推車 引鼓 續搜神記曰義興人姓周永和中出都日暮道邊有一新草小屋一女子出門望見周周曰日暮求寄宿向一更中聞外有小兒喚阿香官喚汝推雷車女乃辭去明朝視宿處乃是一新塚下見上

雊雉 蟄驚 尚書洪範五行傳曰正月雷微動而雉雊雷諸侯之象也雉亦人君之類也李顒賦曰乘雲氣之蓊鬱兮舒電光之炯晃驚蟄蟲於始作兮懼遠邇之異象

出豫 作解 上事見上易曰天地解而雷雨作雷雨作而百果草木皆甲拆象曰雷雨作解君子以赦過宥罪王弼注曰解者解也屯難槃結於是乎解之

服鳥 食魚 山海經曰輸次之山有鳥名橐𩇯服之不畏雷𩇯音肥郭璞山海經飛魚讚曰飛魚如豚赤文無羽食之辟兵不畏雷音

積風 衆呼 揚泉物理論曰積風成雷蔡韶闓論曰衆輕折軸呼成雷

擊齊臺 震漢寢 淮南子曰庶女叫天而雷電下擊景公臺隕支體傷折海水大出續漢書曰桓帝連和三年六月乙卯雷震憲陵寢屋是時梁太后聽兄冀誅李固杜喬

蔡環塚 笠伏墳 周斐汝南先賢傳曰蔡順母平生畏雷自亡後每有雷震順輙環冢泣曰順在此王歆孝子傳曰笠輔字道綸父生時畏雷每至天陰輙馳至墓伏墳哭有白兔在其左右遂憂卒

折樹木 破屋舍 王充論衡曰盛夏之時雷霆迅疾擊折樹木壞敗室屋時犯殺人俗以為天取龍其犯殺人謂之有陰過雜兵書曰雷電霹靂破軍中樹木屋舍者忽徙去吉也雷電風所從來不可逆而擅伐宜慎之

震百里 挺萬物 論語讖曰雷震百里聲相附宋均注曰雷動百里枝困以制國也雷聲謂諸侯之政教所至相附也說文曰霆雷餘聲鈴鈴所以挺出萬物

振咸陽 晦大澤 尚書中候曰維天降紀秦伯出狩至于咸陽天振大雷有火流下化為白雀銜綠丹書集于公車史記曰高祖母劉媼常息大澤之陂夢與神

遏是時雷霆晦冥太公視則見
蛟龍於其上已而有娠孕高祖

【賦】

晉夏侯湛雷賦

明之季節兮暑燻赫以盛興扶桑煒以揚燎兮雷火曄以南升
大明黷其潛曜兮天地鬱以同蒸掣丹霆之詰琰兮奮迅雷之
崇崇馳壯音於天上兮激駭響於地中徒觀其霰雹之所種鑿
火石之所燒鑠雲雨之所澆沃流潦之所淹濯當衝則摧破遇
披則纖溺山陵為之崩盪羣生為之震辟是以大聖變於烈風
小雅肅於天高嗟乾坤之神祇兮信靈化之誕昭故先王制刑
擬雷霆於征伐恢文德以經化兮耀武義
以崇烈苟不合於大象兮焉濟道以成哲

晉李顒雷賦

陽之肇化兮陶萬殊於天壤結鬱蒸以成雷兮鼓訇駭之逸響
應萬風以相薄包群動而為長乘雲氣之鬱蓊兮舒電光之烱
晃驚蟄蟲於始作兮懼遠邇之異象爾其發也則騰躍濆薄碎
磕隱天起偉霆於霄際催勁木於巖巔驅宏威之迅烈若崩岳
之寘寘斯寔陽臺之變化固大壯之宗源也若乃駭氣奔激震
響交撲潰淪隱轔崩騰磊落來無徹跡去無阡陌君子恐懼而
修省聖人因象以制作審其體勢觀其曲折輕如伐鼓轟若走
轍業猶地傾纑以天裂比五音而無當校衆響而稱傑於是上

穆下明順天承法戒利獄以致亨孰非善而可攝正震體於東
方立不易之恒業豫行師而景奮解宥過而人協若夫洪細靡
常興廢難克殷其山陽勸義崇德起五龍於河始戕武乙於渭
北啓周成之沖昧罰展氏之凶慝雖通塞於萬形猶違虛而守
盈肆大夏而有烈奮嚴冬而弗經保恬靜以處順
乃上善
嘗夫有往而爲閡若太音之希聲

顧凱之雷電賦

太極紛綸元氣澄練陰陽相薄爲雷爲電擊武乙
於河而誅戮之罰明震展氏之廟而隱慝之誅見
是以宣尼敬威忽變夫其聲無定響光不恒照砰訇輪轉倏閃
藏曜若夫子午相乘水旱木零仲冬奮發代雷先行豈隱隱之
虛應乃違和而傷生昭王度之失節見二儀之幽情至乃辰開
日明太清無靄靈眼揚積以矍煥壯鼓崩天而砰磕陵堆訇隱
以待傾亏地業㙳其若敗蒼生非悟而喪魂龍鬼失據以顛沛
光驚於泉底聲動於天外及其灑北斗以誕聖震昆陽以伐違
降狡鹿以命禁鳥雙濆而橫尸倒鷲檜於霄際摧騰龍於雲湄
烈天地以繞映惟六合以動威在虛德而卷舒謝神豔之難追

【詩】

晉傅玄雜言詩

雷隱隱感妾心傾
耳清聽非車音

又驚雷歌

驚雷奮兮震萬里威凌宇宙兮
動四海六合不維兮誰能理

初學記卷第一

初學記卷第二

天部下　錫山安國校刊

雨一　雪二　霜三

雹四　露五　霧六

虹蜺七　霽晴八

雨第一

敘事　釋名云雨水從雲下也雨者輔也言輔時生養尚書曰休徵則肅時雨若休美也肅敬也若順也孔安国注云君行敬則時雨順咎徵則狂恒雨若咎惡也孔安国注云君行狂妄則常雨順京房易候云太平之時十日一雨凡歲三十六雨

此休徵時若之應爾雅云小雨曰霡霂說文又曰䨲又云小雨纔落曰䨣又云小雨曰微微雨曰濛濛䨘音酸䨣音斯雨三日已上曰霖久雨爲霪說文又云久雨曰䨨力兼反暴雨曰涷雨時雨曰澍雨與雪雜下曰霰纂要云疾雨曰驟雨徐雨曰零雨雨久曰苦雨亦曰愁霖晉潘尼宋伍緝之並作苦雨賦後漢應揚魏文帝晉傅玄陸雲胡濟袁約並作愁霖賦雨晴曰霽雨而晝晴曰啓雨水曰潦雨雲曰渰詩曰有渰淒淒興雨祁祁渰音掩雲陰皃亦曰油雲孟子曰油然作雲霈然下雨梅熟而雨曰梅雨江東呼爲黃梅雨雨師曰屏翳亦曰屏號列子傳赤松子神農時雨師風俗通云玄冥爲雨師

事對

離畢　化坎　毛詩云月離于畢俾滂沲矣畢噣也月離陰星則雨鄭玄

注曰將有大雨徵先見於天周易集林雜占曰占天雨否外卦
得陰爲雨得陽不雨其爻發變得坎爲雨得離不雨巽化爲坎
先風後雨坎化爲巽先雨後風 鸛鳴 魚唫 毛詩曰我來自東零雨其濛鸛鳴於垤婦歎於室鄭玄注
曰將陰則穴處者先知之鸛好雨將雨長鳴
而喜也淮南子曰天且雨也魚已唫唫音驗 土龍 石鷰
淮南子曰土龍致雨許慎注曰湯遭旱作土龍以象雲從
龍也湘州記曰零陵山有石燕遇風雨即飛止還爲石 濯
枝 潤葉 周處風土記曰六月有大雨名濯枝雨西京雜記
曰董仲舒曰太平之時雨不破塊津莖潤葉而已
荊臺 灌壇 宋玉高唐賦曰楚襄王與宋玉遊於雲夢之臺望高唐之觀上獨有雲氣王問此何氣也玉對
曰所謂朝雲也昔者先王嘗遊於高唐怠而晝寢見一婦人曰
妾巫山之女也聞君遊高唐願薦枕席王因幸之去詞曰妾在
巫山之陽高丘之阻朝爲行雲暮爲行雨朝朝暮暮陽臺之下
杜預注左傳曰荊亦楚也博物志云太公爲灌壇令文王夢見
婦人哭當道問其故曰吾太山神女嫁爲西海婦君行必以暴
風雨灌壇令當吾道不敢以疾風暴雨過也夢覺召太公語焉

三日果疾風暴雨過 含水 噀酒 楚國先賢傳曰樊英隱於壺山嘗有暴風從西南起英謂學者成都市火
甚盛因含水西向噀之乃令記其時日後有從蜀郡來者云是
日大火有雲從東起須臾大雨葛洪神仙傳曰欒巴者蜀郡人
也徵入爲尚書正朝大會欒巴得酒不飲而西南噀之有司奏
巴大不敬詔問巴巴謝曰臣本縣都市失火臣故噀酒爲雨滅
火非敢不敬 蟻封 龍穴 東觀漢記曰沛獻王輔善京氏易永平五年京師少雨上御雲臺自爲卦以周
易林占之其繇曰蟻封穴戶大雨將至上以問輔輔上書曰蹇
艮下坎上艮爲山坎爲水山出雲爲雨蟻穴居知雨將至故以
蟻興張勃吳録曰湘東郡新平縣有龍穴天旱人共過水漬此穴輒雨也 積薪 環艾 謝承後漢
書曰戴封字平仲遷西華令其年大旱禱請不獲乃積薪坐其
上以自焚火起而大雨遠邇歎服遷中山相范曄後漢書曰涼
輔仕郡爲五官椽時夏大旱太守自祈請輔曰若至日中不雨
以身塞無狀於是積薪聚艾茅以自環搆火將自焚未及中時
而天雲晦合須臾澍雨 伐殷 討邢 搜神記曰武王伐紂至河上雨甚疾當晦瞑揚波於河衆甚懼

武王曰余在天下誰敢干志者風波立濟左傳曰衛旱卜有事
於山川不吉甯莊子曰昔周飢克殷而年豐今邢方無道欲使
衛討邢焉從之師與而雨
禱林　暴野　淮南子曰湯時九年旱以禱於桑林而四海之雲湊千里之雨
至晏子春秋齊景公時旱欲祀靈山晏子曰山故以石爲身草
木爲髮天苟不雨髮焦身熱久旱獨不欲雨乎君避殿暴露其
當雨公出野暴露天果大雨
十夜　九旬　說苑曰楚莊王伐陳吳救之雨十日十夜晴左史倚相曰吳師
必夜至甲裂壘壞彼必薄我何不行列鼓出待之吳師見楚軍
成敗而還傳咸懷雨賦曰夫何遠寓之多懷兮惠霖雨之有經
自流火以迄今兮歷九旬而無寧戾太清之垂曜兮覩日月之光明
石牛　桐魚　顧微廣州記曰鬱林
郡山東南有池池有石牛歲旱百姓殺牛祈雨以牛血和泥泥
石牛背詞畢天雨洪注洗牛背泥盡即晴淮南子曰董仲舒請
雨秋用桐木魚
商羊舞　黑蜧躍　家語曰齊有一足鳥飛公朝下于殿前舒翅而跳齊侯遣使問
孔子曰鳥名商羊昔童謠曰天將大雨商羊鼓舞今齊有之
將爲水災淮南子曰黑蜧神蛇潛泉而居將雨則躍蜧音麗
洗兵　潤兵　流粟流麥　說苑曰武王伐紂過隧則斬岸過水則折舟示人無反志也至於有戎之
隧大風折旆散宜生諫曰此其妖歟武王曰非也天落兵也風
霽而乘以大雨散宜生又諫曰此非妖歟王曰非也天洗兵也
抱朴子曰出軍甚雨之象軍川雨霑衣是潤兵也其軍有喜鄒
子曰朱買臣孜孜修學不覺雨之流粟范曄後漢書曰高鳳字
文通家貧好學不休其家曝麥令鳳守雞以竿授其手中鳳執
竿讀書雨大至讀書不覺執竿如故其妻還麥流甚以怒鳳亦
不愧

賦

晉潘尼苦雨賦

氣觸石而結蒸雲膚合而仰浮雨紛時而下注潦波涌而横流
豈信宿以爲多乃踰月而成霖瞻中塘之浩汗聽長霤之涔涔
始濛篾而徐墜終滂霈以難禁悲列宿之匿景悼太陽之幽沉
雲暫披而驟合雨乍息而亟零朝縱縱以連暮夜淋淋以達明
鼃黽游乎門闔蛙蝦嬉乎中庭惧一元之并合畏黔首之爲魚
處者含悴於窮巷行人嘆息於長衢

宋傅亮喜雨賦

惟二儀之順動數有積於時徧塈襄陵於
唐籍感雲漢於周篇匪叔葉之或遘在盛王其固然伊元嘉之
初載肇休明於此年懿玉燭之方熙愠積陽之獨愆涸源泉於

井谷萋萋頴於中田嗟我皇之翼翼悵臨朝而輟娱踵沖軌於禹湯協至誠於在余追東作之未晏庶雨露之夙濡遵縣子之徙壓尢魯侯之焚巫祇桑林之六禱脩季宰之再雩誠在幽其必貫感而遠而不孚聆晨鸛於高垤候宵畢於天隅發曾雲於觸石晦重陽於八區春霆殷殷以遠響輿雨霈霈於載塗灑豊浸於中疇覃餘潤於嘉蔬嗣良頌於多稌兆嘉夢於惟魚矧兵臣之逢運又均休以等虞陶曲成於魯稔念帰駕於董蹕

盧照鄰秋霖賦 覧万物兮切獨悲此秋霖風横天而瑟瑟雲覆海以沉沉居人對之憂不解行客見之思已深若乃千里埋烟百壓涵潦青苔被壁緑萍生道借如尼父去魯圍陳畏匡將居不㸑欲濟元梁長檐風以沐雨永栖栖以遑遑及大屈平既放登高一望湛湛江水悠悠千里泣故国之長楸見玄雲之四起嗟乎子卿北海伏波南川金河別鴈銅柱辞鳶眺窮陰兮断地看積水兮連天別有東国儒生西都才客屋滿鉛槧家虛擔石玉爲粒兮桂爲薪堂有琴兮室无人抗高情而出俗馳精義以入神論有能鳴之鴈書成已泣之麟覩皇天之淫溢孰能不隅坐而含嚬若夫綉轂銀鞍金床玉盤坐卧珠璧左右羅紈流酒爲海積肉爲峦覩衰陵与昬墊曾不輟乎

此歡豈知夫堯禹之癯瘠而孔墨之艱難

詩

唐太宗詠雨詩 和風吹緑野梅雨洒芳田新流添舊澗宿霧足朝烟鴈濕行无次花霑色更鮮對此忻登歲披衿弄五絃

齊謝朓觀朝雨詩 朔風吹飛雨蕭條江上來既洒百常觀復集九成臺空濛如薄霧散漫似輕埃

梁孝元帝詠細雨詩 風輕不動葉雨細未霑衣入樓如霧止拂馬似塵飛

梁沈約見庭雨應詔詩 出空寧可圖入庭倍難賦非煙復非雲如系復如霧霡霂裁欲垂霏微不能注雖无千金質聊爲一辰趍

梁劉孝威望雨詩 清陰蕩暄濁飛雨入階廊瞻空乱无緒望霤弭成行交枝含曉潤雜葉帶新光浮芥离還聚沿漚滅復張浴禽飄落毳風荇散餘香寄言楚臺客雄風詎獨涼

梁朱超對雨詩 當夏苦炎埃習靜對花臺落照依山盡浮涼帶雨來重雲出飛電高棟響行雷洒樹輕花發滴沼細萍開泛泳縈階草奔流起砌苔无因假輕盖徙然想上才

陳陰鏗閑居對雨詩 四冥飛早雨三徑絶來遊震位雷声發离宫電影浮山雲

遲似帶庭〔近成舟茅簷下亂滴石
竇引深流寄言一高士如何麥不收 陳張正見賦新題
梅林輕雨應教詩 梅樹耿長虹芳林散輕雨蜀郡隨仙
去陽臺帶雲聚飄花更濯枝潤石還
侵柱詎得零陵鷰隨風時共舞 諸葛穎賦得微雨東來應教詩 微雨
闇東峯散漫洒長松澗滿新流潤山霏積翠濃風
起還吹鷰雲來本送龍登年隆巨燭名山定可封 虞世南發
營逢雨應詔詩 豫遊欣勝地皇澤乃先天油雲陰御道膏
雨潤公田隴麥霑逾翠山花濕更燃稼穡
良所重方
復悅豐年 魏知古奉和春日途中喜雨詩 皇遊向洛
城時雨應
天行麗日登岩送陰雲出野迎濯枝林杏發潤葉渚蒲
生絲入綸言喜花依錦字明微臣忝東觀載筆佇西成

雪第二

敘事 大戴禮云天地積陰溫則爲雨寒則
爲雪 春秋元命苞曰陰陽凝而爲
雪曾子曰陰氣勝則爲雪 釋名云雪綏也水

下遇寒而凝綏綏然下也氾勝之書云雪爲五
穀之精爾雅云雨雪與雨雜下曰霰韓詩外傳云
凡草木花多五出雪花獨六出雪花曰霙雪雲
曰同雲 詩云上天同雲雨雪雰雰同
謂雲陰與天同爲一色也 西京雜記云太平
之世雪不封條凌殄毒害而已漢武帝內傳仙
家上藥有玄霜絳雪毛詩云自上而下曰雨雪
雨音于
傅反 左傳凡平地尺爲大雪雪有七尺雪 春
秋考異郵曰庚辰
大雪雪深七尺 丈餘雪 六韜曰武王伐紂都洛邑
未成陰寒雨雪十餘日深丈餘 千里雪
楚詩曰增冰峩
峩飛雪千里 事對 玉馬 銅駝 [illegible]縈緒晉書曰新
王騰發于并州於此

山之眞定縣過天大雪平地數丈雪融不積騰怪而使掘之得玉馬高尺許上表献之崔鴻北凉録曰先酒泉南有銅馳山言虜犯者大雨雪沮渠蒙遜遣工取之得銅數万斤

踰丈 **盈尺** 謝莊瑞雪詩曰審伊宮之踰丈信銅阿之盈尺洞秋方 王園果仙京之珠澤謝惠連賦曰盈尺則呈瑞於豐年袤丈則表珍於陰德

焦寢 **袁門** 高士傳曰人莫知焦光所出野火燒其廬遭冬雪大至光袒卧不移人以為死熟視之如故李[redacted]雪賦曰焦寢處而不傷蘇飡服以延命録異傳曰漢時大雪地丈餘洛陽令身出案行見人家皆除雪出有乞食者至袁安門无有行路謂安已死令人除雪入戶見安僵卧問何以不出安曰大雪人皆餓不宜干人令以賢舉孝廉

周闕 **齊宮** 太公伏符陰謀曰武王伐紂都洛邑天大陰寒雨雪十餘日甲子朝五車騎止王門之外欲謁武王師尚父使人出北門而道之曰天子未有出時武王曰諸神各有名乎師尚父曰南海神名祝融北海名玄冥東海神名勾芒西海神名蓐收河伯名馮脩使謁者各以名召之神皆驚而見武王王曰何以教之神曰天伐殷立周謹來受命各奉其使武王曰予歲時亦无廢礼焉

孟子曰齊宣王見孟子於雪宮王曰賢者亦有此樂乎孟子曰爲人上而不与人同樂者非也

周雅 **衛風** 毛詩曰上天同雲雨雪雰雰案此詩周小雅信南山篇也又曰北風其凉雨雪其雱惠而好我携手同行案此国風衛詩也

黃竹 **幽蘭** 穆天子傳曰丙辰天子遊黃臺之丘獵於苹澤有降雨天子乃休日中大寒北風雨雪有凍人天子作黃竹詩三章以哀之曰我徂黃竹負閟寒郭璞注曰閟閉也宋玉諷曰臣嘗行僕飢馬疲正遇主人翁出[redacted]又到市主人女欲置臣堂上太高堂下大卑乃更爲蘭房奧室止臣其中有鳴琴焉臣援而鼓之作幽蘭白雪之曲

曹衣 **班扇** 毛詩曰蜉蝣掘閱麻衣如雪鄭玄注曰喻曹昭公之君臣朝夕变易衣服麻衣深衣也班婕妤怨歌行曰新裂齊紈素皎潔如霜雪裁爲合歡扇團團似明月

麻衣 **柳絮** 麻衣見曹衣注劉義慶世說曰謝太傅安寒雪日集兒女講論文義俄而雪驟公欣然曰白雪紛紛何所似兄子朗見曰撒塩空中差可擬兄女曰未若柳絮因風起

映書 **乘興** 宋齊語曰孫康家貧常映雪讀書清淡交遊不雜語林曰王子猷居山陰大雪夜開室命酌四望皎然因詠招

隱詩忽憶戴安道時在剡乘輿棹舟經宿方至既造門而返或問之對曰乘興而來興盡而返何必見戴

周詠　郢歌

毛詩曰文王以天子之命命將帥歌采薇以遣之昔我往矣楊柳依依今我來思雨雪霏霏宋玉對問曰客有歌於郢中其爲陽春白雪國中屬而和者不過數十人是其曲弥高而和弥寡

北闕車　東郭履

事見上史記曰東郭先生久待公車貧寒衣履不完行雪中履有上無下足盡踐地

姑射神人　洛渚宓妃

莊子曰藐姑射之山有神人焉容膚若冰雪綽約若處子曹子建洛神賦云余朝京師言歸東藩覩一麗人于巖之畔乃援御者而告之曰彼何人斯若此之艶也御者對曰臣聞河洛之神名曰宓妃余告之曰髣髴兮若輕雲之蔽月飄颻兮若流風之廻雪

賦

謝惠連雪賦

歲將暮時既昏寒風積愁雲繁梁王不悅遊於兔園乃置旨酒命賓友召鄒生延枚叟相如末至居客之右俄而微霰零密雪下王乃歌北風於衛詩詠南山於周雅相如於是避席而起逡巡而揖曰臣聞雪宮建於東國雪山峙於西域岐昌發詠於來思周滿申歌於黃竹曹風以麻衣比色楚謠以幽蘭儷曲盈天則呈瑞於豐年踰丈則表沴於陰德其爲狀也散漫交錯氛氳蕭索藹藹浮浮瀌瀌弈弈連翩飛灑徘徊委積始緣甍而冒棟終開簾而入隙既因方而爲圭亦遇圓而成璧眄隰則萬頃同縞瞻山則千巖俱白於是臺如重璧逵如連路庭引瑤階林挺瓊樹皓鶴奪鮮白鷴失素辭曰白羽雖白質已輕兮白玉雖白空守貞兮未若茲雪因時興滅玄陰凝而不昧其潔太陽曜而不固其節節豈我名潔豈我貞憑雲升降從風飄零值物賦象任地頒形素因遇立污隨染成縱心皓然何慮何營

後周劉璠雪賦

天地否閉凝而成雪應乎玄冬之辰在於冱寒之節蒼雲春同巖風曉烈散亂徘徊雰霏皎潔違朝陽之暄煦■凝陰之慘冽混二儀而並色覆萬有而皆空既奪朱而成素實矯異而爲同如飄飄而稍落遂紛紛而無窮曉連光而映淨夜合影而通朧似北荒之明月若西崑之閬風

詩

太宗皇帝望雪詩

秋雲霄遍嶺素雪曉凝華入牖千重碎迎風一半斜不粧空散粉無樹獨飄花縈空慚夕照破彩謝晨霞

宋鮑昭斆劉公幹詩

胡風吹朔雪千里度龍山集君瑤臺下飛舞兩楹前

玆晨自爲美當避豔陽年豔陽桃李節皎潔不成妍

梁沈約詠雪應令詩 思鳥聚寒蘆蒼雪軫暮色夜雪合且離曉風驚復息嬋娟入綺窗徘徊鶩情極弱挂不勝枝輕飛屢低翼玉山聊可望瑶池豈難即

梁裴子野詠雪詩 飄飄千里雪倏忽度龍沙從雲合且散因風卷復斜拂草如連蝶落樹侶飛花若贈離居者折以代瑶華

梁何遜詠雪詩 凝階夜侶月拂曉樹疑春蕭散忽如盡徘徊已復新若逐微風起誰言非玉塵

梁吴均詠雪詩 微風搖庭樹細雪下簾隙縈空如霧轉凝階侶花積不見楊柳春徒看桂枝白

梁劉孝綽對雪詩 桂葉殊皎皎柳絮亦霏霏詎比咸池曲飄颻千里飛耻均班女扇羞儷曹人衣浮光亂粉壁積照朗彤闈

陳張正見玄圃觀春雪詩 同雲遥映嶺瑞雪近浮空拂鶴伊川上飄花桂苑中影麗重輪月飛隨團扇風還取長歌處帶曲舞春風

又

應衡陽王教詠雪詩 九冬飄遠雪六出表豐年睢陽生玉樹雪夢起瓊田入窗輕落粉拂柳䭾飛綿欲動淮南賦亂下桂花前

隋王衡翫雪詩 寒庭浮暮雪疑從千里來皎潔隨處滿流亂逐風廻璧臺如始構瓊樹侶新栽不待陽春節誰持竟落梅

陳子良詠春雪詩 光映粧樓月花承歌扇風欲妬梅將柳故落早春中

上官儀詠雪詩 禁園凝朔氣瑞雪掩晨曦花明棲鳳閣珠散影娥池飄素迎歌上翻光向舞移幸因千里映還繞萬年枝

董思恭詠雪詩 天山飛雪度言是落花朝惜哉不我與蕭索從風飄鮮潔凌紈素紛糅下枝條良書竟何在坐見容華銷

霜第三

敘事

大戴禮云霜陰陽之氣也陰氣勝則凝而爲霜易曰履霜堅冰陰始凝也釋名霜喪也其氣慘毒物皆喪也春秋感精符云霜殺伐之表季秋霜始降鷹隼擊王者順天行誅

以成肅殺之威若政令苛則夏下霜誅伐不行則冬霜不殺草京房易傳云誅不原情其霜附木不下地不教而誅其霜反在草下淮南子云霜神名青女淮南子曰青女出以降霜高誘注青女天神主霜雪說文霚霚竹入反早霜也皚五孩反霜之白者也霜有玄霜漢武帝內傳曰仙家上藥有玄霜絳雪紺碧霜王子年拾遺記曰廣延国霜色紺碧甘霜王子年拾遺記曰嵰州霜甘也

事對

鍾鳴 駟見山海經曰豐山有九鍾是知霜鳴郭璞注曰霜降則鍾鳴故言知也国語曰駟見而霣霜霣霜而冬裘具賈逵曰駟房星也

陰凝 地升陰凝見叙事五經通義曰寒氣凝以爲霜從地升也

挫物 休工孝經援神契曰霜以挫物礼記曰季秋之月霜始降則百工休

封條 殺木張協七命曰晞三春之溢露遡九秋之鳴飈零雪寫其[redacted]霏霜封其條春秋元命苞曰霜以殺木露以潤草

仙藥 神鑪漢武內傳曰西王母云仙家上藥有玄霜絳雪抱朴子云凝霜雪於神鑪採靈芝於嵩岳

鷹擊 豺祭鷹擊見敘事周書曰霜降之日豺乃祭獸

白露爲 堅冰至毛詩曰蒹葭蒼蒼白露爲霜毛萇注曰蒹葭蘆也蒼蒼盛也白露降凝[redacted]爲霜易曰履霜堅冰至王弼注曰始於履霜至于堅冰

君子履 婦功成礼記曰霜露既降君子履之必有悽愴之心非其寒之謂也鄭注云以感時念親也家語曰霜降而婦功成嫁娶行焉王肅注曰季秋霜降嫁娶者始此也

鷓鴣畏 鴻鴈飛崔豹古今注曰鷓鴣常向日而飛畏霜露夜飛則以樹葉覆其背上五經鉤沉曰天霜樹落葉而鴻鴈南飛

魏葛屨 齊紈扇毛詩曰糾糾葛屨可以履霜摻摻女手可以縫裳毛萇注曰夏葛屨冬皮屨葛屨履霜也鄭玄云魏俗至冬猶謂葛屨可用履霜利其賤也班婕妤怨歌行曰新裂齊紈素皎潔如霜雪

踐馬蹄 覆蘡薁莊子曰馬蹄可踐霜雪毛

可以禦風寒王子年拾遺記曰員嶠之山名環丘有冰蚕以霜
雪覆之然後作繭其色五采織爲文錦入水不濡以之投火經
宿不燎唐堯之代海人獻以爲黼黻 尹逐伯奇 燕繫鄒衍 琴操履霜者伯奇之所作
也伯奇者尹吉甫之子也甫聽其後妻之言疑其孝子伯奇遂
逐之伯奇編水荷而衣之采■花而食之清朝履霜而自傷无
罪見放逐乃援琴而鼓之淮南子曰鄒衍事燕惠王盡
忠左右譖之王繫之仰天而哭夏五月天爲之下霜 〔詩〕梁
張率詠霜詩 騑見視朝度鐘鳴測地機秋冬交代序■霜白綏綏原野生暮靄堦墀散夕霏徘徊掜嚴
氣悵望淪清輝平臺寒月色池水愴風威凝陰同徂夜逝鴈
獨歸飛縈叢乱蕪絶繁林紛已稀貞松非受令芳草徒具腓 蘇
味道詠霜詩 金祇暮律盡玉女暝氣歸孕冷隨鐘徹飄華逐劒飛淵日浮寒景乘風進曉威自有貞筠質寧將庶草腓

雹第四 〔叙事〕 說文云雹雨冰也從雨包聲左傳云
凡雹皆冬之愆陽夏之伏陰 愆陽冬溫也伏陰夏寒也 聖人在上

無雹雖有不爲災洪範五行傳云陰陽相脅而
雹霰盛陰雨雪凝滯而冰寒陽氣薄之不相入
則散而爲霰盛陽雨水溫煖而湯熱陰氣脅之
不相入則轉而爲雹霰者陽脅陰也雹者陰脅
陽也白虎通曰自上而下曰雨雹 雨音于具反 〔事對〕 凝
氣 雨冰 春秋漢含孳曰專一精并氣凝爲雹宋均注曰謂若魯僖公脅於齊以妾爲妻尊重齊勝无迴曲之
心感陰水氣乃使結而不解散許
慎說文曰雹雨冰也從雨包声 祠井 都泉 ■陳留風俗曰雍丘縣夏后
公祠有神井能興霧雹伏琛齊地記曰安丘城
南三十里雹都泉其雹或出或否亦不爲災異 流銅 銷石
凉州異物志曰有大人生于北邊偃卧於野其高如山頂脚成谷横
身塞川近之有尖銅雹擊旃注曰旃之也唯可遥看不可到下到下

則雷霆流銅鐵之丸以擊人歷代紀曰石遵襲位鄴中暴風雨震雷雹如斗金石皆銷月餘乃滅 馬頭 雞子 漢書曰武帝元封三年十二月雨雹大如馬頭宣帝地節四年五月山陽濟陰雨雹如雞子深二尺五寸殺二十人蜚鳥皆死

五寸 九澤 史記漢景帝二年秋雨雹大者五寸深二尺淮南子曰北極之極有九澤有積氷雪雹

陽愆 陰伏 並見上 折木 傷稼 孔叢子曰永初三年夏河西縣大雨雹皆如杯棬大者或如斗殺畜生雉兎折樹木東觀漢記曰韓稜字伯師除爲下邳令視事未周吏人愛慕時鄰縣皆雹傷稼稜縣界獨無雹

如斧 如礪 漢書曰成帝河平二年四月楚國雨雹大如斧飛鳥皆死紀年云夷王七年冬雨雹大如礪

陰脅陽 徵動羽 西京雜記曰鮑敞問董仲舒曰雹何物也仲舒曰陰氣脅陽也風角占曰徵動羽有雹霜

如桃李 似杯棬 風俗通曰成帝問劉向曰俗說文帝時天下斷獄二人米一斗一錢有此事否對曰皆不然後元年雨雹如桃李深三尺尋太宗之代不可爲升平下見上孔叢子

詩 陳陸瓊和張湖熟雹詩 惟微動羽惟陰脅陽雨水作沴凝氣爲祥

露第五

敘事 大戴禮云露陰陽之氣也夫陰氣勝則凝爲霜雪陽氣勝則散爲雨露說文云露潤澤也從雨露聲白虎通曰露者霜之始寒則變爲霜瑞應圖云露色濃爲甘露王者施德惠則甘露降其草木晉中興書曰甘露降者老得敬則松柏受之尊賢容衆則竹葦受之甘露者仁澤也其凝如脂其美如飴甘露一名天酒 東方朔神異經曰西北海外有人長二千里兩脚中間相去千里腹圍一千餘里但日飲天酒五斗張華注曰天酒甘露也 露之

異者有朱露丹露玄露青露黃露洞冥記曰勒畢國人長三寸有
翼善言語戲笑因名語國飲用露爲漿丹露者日初出有露汁
如朱也又曰東方朔遊吉雲之地漢武帝問朔曰何名吉雲曰
其國俗常以雲氣占吉凶若吉樂之事則滿室雲起五色照著
於草樹皆成五色露露味甘帝曰若云五色露可得以否朔乃
東走至夕而還得玄黃青露盛之璃器以授帝
帝徧賜羣臣得露嘗者老者皆少疾病皆愈

事對

玉杯 **瓊爵** 漢武帝故事曰上作承露盤仙人掌擎玉杯以取雲表之露曹植魏德論曰玄德洞幽飛化上承甘露以降蜜淳氷凝覩陽弗晞瓊爵是承獻之帝朝以明聖徵

晨降 **宵零** 楚詞曰鑿山楹而爲室兮下披衣於水渚霧露其晨降兮雲依霏而承宇班固典引曰甘露宵零於豐草三足軒翥於茂樹

潤草 **垂木** 春秋元命苞曰霜以殺木露以潤草續晉陽秋曰隋郡上甘露降攝陽縣垂木露凝十餘里

在棘 **被蘭** 毛詩曰湛湛露斯在彼杞棘明允君子莫不令德阮籍詠懷詩曰清露被蘭皐凝霜霑野草朝爲美少年夕暮成醜老

三危 **五色** 呂氏春秋曰伊尹說湯曰水之美者有三危之露下見上

脂凝 **蜜淳** 何法盛晉中興書曰甘露者行澤也其凝如脂下見上曹植魏德論

蛇游 **龜飲** 劉向說苑曰螣蛇游於霧露乘於風行非千里不止洞冥記曰元封二年數過國獻能言龜一頸長尺二寸東方朔曰唯承桂露以飲之

鶴警 **蟬鳴** 周處風土記曰白鶴性警至八月白露降流於草葉上滴滴有聲即鳴劉向說苑曰吳王欲伐荊告其左右曰敢有諫者死舍人有少孺子者欲諫懷丸操彈於後園露霑其衣如是三朝吳王曰子來何露霑其衣如此對曰園中有樹其上有蟬蟬居高悲鳴飲露不知螳螂在其後螳螂曲附取蟬不知黃雀延頸欲啄黃雀又不知彈丸在其下也臣欲彈雀又不知傍有坑而墜也

金掌 **銅盤** 上見上漢武帝故事班固西都曰撫仙掌以承露擢雙立之金莖曹植承露盤銘曰大形見者莫如高物不朽者莫如金氣之清者莫如露盛之安者莫如盤乃詔有司鑄銅建承露盤于芳林園

漢宮 **魏殿** 漢書宣帝詔曰迺者鳳皇集太山陳留甘露降未央宮其赦天下魏明帝與東阿王

詔曰昔先帝時甘露屢降於仁壽殿前靈芝生芳林園中自吾建承露盤已來甘露復降芳林園仁壽殿前 玏海
濬江 張衡奏事曰飛塵增山霧露玏海傅咸詩曰零露濬江海飛塵崇山岳過謬佐台輔安能飪鼎餗 託
桐 晞薤 蘇子曰夫人生一代若朝露之託桐葉耳其與幾何古今注曰薤露哀歌也言人命如薤上之露易
晞露晞明朝更復落人死一去何時歸 色紫 色丹 降陵 降郡 呂氏春秋伊尹說湯
曰水之美者三危之露和之美者揭雩之露其色紫拾遺記曰崑崙山有甘露望之色如丹着木石則皎然如霜雪寶器承之
如飴人君聖德則下范䢼後漢書曰明帝永平十七年甘露降于原陵又曰桓帝永康元年秋八月魏郡言嘉禾生甘露降

詩 梁劉憺驚早露詩 九畹疑芳業百草瑩新珠盈荷雖不潤拂竹竟難枯 梁
顧煊賦得露詩 飛空猶蘊狀集物始呈華萎黃病秋筍厭浥長春牙非唯溥蔓草頗亦變蘩葭
仍增江海浪聊點木蘭花 隋江揔詠採甘露應詔詩 祥露曉氛氳上林朝晃朗

干行珠樹出萬葉瓊枝長徐綸動仙駕清晏留神賞丹水波濤汎黃山烟霧上風亭翠旆開雲殿朱絃響徒知恩禮洽自憐名
實爽 庾抱賦得胥臺露詩 胥臺既落構荊棘稍侵扉棟折連雲影梁摧照日暉朔鶴逐不
及巢燕反無歸唯有團階露承睫共霑衣 駱賓王秋露詩 玉關寒氣早金塘秋色歸汎掌光逾淨添
河滴尚微變霜凝曉液承月委圓輝別有吳臺上應濕楚臣衣 董思恭詠露詩 夜色凝仙掌晨甘下
帝庭不覺九秋至遠向三危零蘆渚花雖白葵園葉尚青晞陽一洒惠方願益滄溟

頌 梁神洊芳林園甘露頌 福以德彰慶沿業皎矧茲嘉露因祥特表翻潤星夕流甘月驛可越彫氛珍逾素鳥至道
伊融大化期肇惟此大化寔感天眷降液丹墀飛津綺殿九服依風八荒改面敢述朦詞式旌舞忭

表 隋盧思道在齊為百官賀甘露表 竊以河榮洛變授祉於勛華玄玉素鱗降靈於
湯武其間微禽弱草改狀移形夜宿朝雲星光動色皆以照臨下土發揮帝載千祀一致隔代同符伏惟陛下上揔天維傍攬

河紀持欽翼之小心纂升平之大業萬靈翹首應三古以西巡兩儀貞觀秉六氣而東指鄉雲既出還聞百辟之歌河清可俟實得萬人之歎而上玄乃顧神物荐委飛甘灑潤玉散珠連昔魏明仙掌竟無靈液漢武金盤空望雲表豈若神漿可挹流味九戸之前天酒自零凝照三階之下斯實曠代祥符前王罕遇休矣美矣皇哉唐哉臣等並邀昌運俱沐玄造驟聞秘祉亟覩冥既振鱗撫翼空馳魚鳥之心燧玉編金方待云亭之后

啓 沈約謝賜甘露啓

約言左右徐儼宣勑垂賜法音寺松葉上甘露臣往年經見一不過霑條而已時或凝結纔若輕霧未有玉聚珠聯光粲若是寔由積仁上通冥德下降故能委華宵極雰被後彫慈旨曲洽頒此祥賚不任欣荷謹以啓事謝以聞

後梁蕭欣謝賜甘露啓

臣欣啓某奉宣勑旨垂賚便殿桃葉甘露拜受雀躍載懷鳥抃伏以聖德至大和氣茂遠是以神液甘流靈滋膏被求之前代鏡諸中古或降邑都尚君臣動色遐迩趍慶未有發瑞殿庭呈祥翫矚視聽罕聞祥行絕代臣奧奉休明曲蒙茲錫獨深抃舞實有常品不任下情謹以啓事以聞

霧第十八

敘事 春秋元命苞曰霧陰陽之氣陰陽怒而爲風亂而爲霧莊子曰騰水上溢故爲霧釋名霧冒也氣蒙冒覆地物也呂氏春秋云冬行夏令則氛霧冥冥西京記云太平之代霧不塞望浸淫被泊而已帝王世紀曰凡重霧三日必大雨雨未降其霧不可冒行也博物志曰王肅張衡馬均俱冒重霧行一人無恙一人病一人死問其故無恙者云我飲酒病者飽食死者空腹霧有赤霧青霧白霧黃霧之異望氣經曰十月癸巳霧赤爲兵青爲殃抱朴子曰白霧四面圍城不出百日大兵必至漢成帝五舅同日封侯其夏黃霧四塞

事對 三日 五里 帝王世紀帝沃丁八年

伊尹卒年百有餘歲大霧三日沃丁葬以天子之禮祀以大牢親自臨喪三年以報大德焉謝承後漢書曰張楷字公超性好道術能作五里霧時關西人裴優亦作三里霧

蛇游　豹隱

韓子曰飛龍乘雲騰蛇游霧雲罷霧散與蚖蟻同矣劉向列女傳曰陶荅子妻者陶大夫荅子之妻也荅子化陶三年名譽不興家富三倍其妻數諫曰夫子能薄而官大是謂嬰害無功而家昌是謂積殃昔楚令尹子文之化家貧而國富福結於子孫名垂於後代今夫子貪富務大不顧後害妾聞南山有玄豹霧雨七日不下食者何也欲以澤其衣毛而成其文章故藏以遠害今君與此皆不免後患按藏隱也故謝朓詩云雖無玄豹姿終隱南山霧

圍城　繞軍

上見上抱朴子又曰大霧繞軍霧之所在者其下有塞將軍之令

煙迴　水溢

宜都山川記曰郡西北陸行三十里有丹口天晴出嶺忽有霧起廻轉如烟不過再朝雨必降下見上莊子

嗽水　吹沙

沈約宋書曰後漢正月朝天子臨德陽殿受朝賀舍利從南方來戲於殿前激水化成比目魚跳躍嗽水作霧翳日拾遺記曰平沙千里色如金細如粉風沙起如霧亦曰金霧

涿野　夢澤

古今注曰黃帝與蚩尤戰於涿鹿之野蚩尤作大霧王粲英雄記曰曹公赤壁敗行雲夢大澤中遇大霧迷失道路

夏井　漢墳

上見圈稱陳留風俗通漢武帝故事曰武帝葬武陵芳香之氣異常積於墳埏之間如大霧

銀山　丹嶺

湘州記曰曲江縣有銀山常多素霧下見上宜都山川記

乘龜　騎鹿

王烈之安成記曰縣人有謝廩者行曰歸路中忽遇雲霧霧中有一人乘龜而行廩知神人拜請求隨去父曰汝無仙骨不得去也楚詞曰使梟楊光道兮白虎爲之前後浮雲霧而入冥兮騎白鹿而容與

鄧公呼吸　猛獸吐嗽

蘇子曰蜀鄧公呼吸成霧東方朔十洲記曰漢武帝天漢中回胡國獻猛獸使者曰猛獸之出生崑崙或出[illegible]圃食氣飲霧解人語當其神也立起風雲吐嗽霧露百邪迸走因名猛獸

青山青天　四塞四起

徐幹中論曰文王遇姜公於渭陽執竿而釣文王得之灼若披雲而見白日霍若開霧而覩青山王隱晉書曰樂廣爲尚書令衛瓘見而奇之令諸子造焉曰此人之水鏡也每見瑩然若開霧覩青天漢書曰王氏五

候俱封其日黃霧四塞終日京房妖占日大霧君迷惑雲霧四起則時多隱士

詩 太宗皇帝賦得花庭霧詩 蘭氣已薰宮新蕋半粧叢色含輕重霧香引去來風拂樹濃舒碧縈花薄蔽紅還當雜行雨髣髴隱遙空

又遠山澄碧霧詩 殘雲收翠嶺夕霧結長空帶岫凝全碧障霞隱半紅髣髴分初月飄颻度曉風還因三里處冠蓋遠相通

梁孝元帝詠霧詩 三晨生遠霧五里暗城闉從風疑細雨映日似游塵乍若輕烟散時如佳氣新不妨鳴樹鳥時蔽摘花人

又 曉霧晦階前垂珠帶葉邊五里浮長隰三辰晦遠天傍通侶佳氣却望若飛烟疏簾還復宻新棟更疑連還思逢樂廣能令雲霧褰

梁伏挺行舟遇早霧詩 水霧雜山烟冥冥不見天聽猿方忖岫聞瀨始知川漁人惑澳浦行舟迷泝沿日中氣靄盡空水共澄鮮

梁沈趨賦得霧詩 窈鬱蔽園林依霏被軒牖睇霧始疑空瞻空復如有遊蛇隱遙漢文豹棲南皐既殊三五輝遠望徒迴首

董思恭詠霧詩 蒼山夜已暮翠觀黯將沉終南晨豹隱巫峽夜猿吟天寒氣不歌景晦色方深待訪公超市將尋赴華陰

蘇味道詠霧詩 氤氳起洞壑遙裔匝平疇乍侶含龍劍還疑映蜃樓拂林隨雨宻度迥帶烟浮方謝公超步終從彦輔遊

虹蜺第七

敘事 春秋元命苞曰虹蜺者陰陽之精雄曰虹雌曰蜺釋名云虹陽氣之動也虹攻也純陽攻陰之氣 令章句云夫陰陽不和婚姻失序即生此氣虹見有青赤之色常依陰雲而晝見於日衝無雲不見太陰亦不見見輙與日相互率以日西見於東方故詩曰蝃帝蝀凍在東蝃蝀虹也爾雅云蜺雌虹也一名挈口結反貳爾雅

云
凡虹雙出色鮮盛者爲雄雄曰虹闇者爲雌
雌曰蜺 京房易傳曰蜺旁氣也其占云妻乘夫則見之陰勝陽之表也四時有之唯雄虹見藏有月有此二說

事對
吐金 化玉 劉敬叔異苑曰晉陵薛願義熙初有虹飲其釜須臾翕響便竭願輦酒灌之隨
涸吐金滿器於是災弊日祛而豐富歲臻于寶搜神記曰孔子
作春秋制孝經既成齋戒向北辰而拜告備于天乃洪鬱起白
霧摩地赤虹自上而下化爲黃玉長
三尺上有刻文孔子跪受而讀之 美人 丈夫 郭注爾雅曰俗名美
人續搜神記曰廬陵巴丘人陳濟者作州吏其妻獨在家常有
一丈夫長丈儀貌端正著絳碧袍采色炫耀相期於一山澗間
至於寢處不覺有人道相感接
比鄰人觀其祈至輒有虹見 柑軒 迴館 司馬相如上林賦曰挽香沙而
無見仰攀撩而捫天奔星更於閨闥宛虹柂於楯軒左思吳都
賦曰憲紫宮以營室廓廣庭之漫漫寒暑隔閡於邃宇虹蜺迴帶
於雲館 二氣 五色 文子曰天二氣即成虹地二氣即洩藏人二氣即生病春秋潛潭巴曰虹出后妃陰

脅主又曰五色迭至照于宮殿有兵革之事 貫日 出暈 史記曰荊軻慕燕丹之義白虹貫日太子畏之
應劭曰燕太子養荊軻令刺秦王精誠感天白虹貫日雜兵書曰日暈有白虹貫丙出外者從所止戰勝 屬宮
貫城 漢書曰上官桀謀廢昭帝迎立燕王令羣臣皆裝是時天雨虹下屬宮中飲井井水竭沈約宋書曰劉義慶在
廣陵夜而白虹貫城野麕入府心甚惡之因自陳求還 晝見 夜出 薛瑩後漢書曰[redacted]帝光和元年虹晝
見御所居崇德後殿前庭中色青赤王韶之晉安紀曰義熙二年夜七月彩虹出西方蔽月 太子畏
小人祥 上見上史記應劭注云如淳注曰虹臣氣日爲君列士傳曰荊軻發後太子見虹貫日不徹曰吾事不成
矣張潘漢紀曰靈帝時虹晝見中引議郎蔡邕詣金商門問對曰虹蜺小人女子之祥也 陰陽交 樞
鎮散 春秋元命苞曰陰陽交爲虹蜺春秋運斗樞曰樞星散爲虹蜺河圖稽鉤耀曰鎮星散爲虹蜺 若鳥
飛 似龍降 漢書曰武帝東遊東萊臨大海是歲如虹氣蒼黃若飛鳥集城陽宮上漢名臣蔡邕奏曰奉詔

云五月二十九日有黑氣墮溫殿東庭中黑如車蓋騰起奮迅五色有頭體長十餘丈形完似龍占者以虹蜺對虹著於天而隆於庭以臣之聞則天所投虹也

貫月生頊　升天姤雄　詩含神霧曰瑤光如蜺貫月正白感女樞生顓頊　常璩華陽國志曰李特長子蕩字仲平少子雄字仲儁初特妻羅姙雄夢雙虹自地升天一虹中斷羅曰吾二兒若有先亡者必有貴者後雄遂王蜀

賦

梁江淹赤虹賦　東南嶠外爰有九石之山乃紅壁千里青萼百仞苔滑臨水石險帶溪自非巫咸採藥羣帝上下者皆斂意焉於時夏蓮始舒春日藥歇肅給沒渚緩拽江潭正逢巖崖照雨雲烟爛色俄而雄虹恭然圓光曜方偃迁山頂昌卉江滔泊而察之實曰陰陽之氣信可觀也又憶昔登鑪峰上手接白雲今行九石下親弄絳蜺二奇難并感而賦曰遷迤崎巇兮不極之連山鯉鱅虎豹玉虺軒孟夏氤氳荷葉滲蓮悵何意兮容與異暫緩此憂年失俗間之異人遲山中之虛跡攝仙草於危峰鐫神丹於崩石視鱸岫之吐噏養黿梁之交積於是紫霧上河絳氛下漢白日無際碧雲卷半行雨蕭索光烟豔爛水學金波石似瓊岍鎮龜鱗之峻峭繞蛟色之漫漫俄

而赤蜺雷出蚴虯神驟曖昧以變依稀不常非虛非實乍滅乍光絕力山頂照燎水陽雖圖緯之有載曠代彌識而未逢既咨嗟而躑躅聊周流而從容相番禺之廣■意丹山之喬峰騎傳說之一星乘夏后之兩龍彼靈物其詎幾寂火滅於山紅霞形可擊殘色未去曜葳蕤而在草映青葱而結樹昏青苔於丹渚暖朱草於石路霞晃朗而下飛日通曨而上度術形命之窘獨哀時俗之不固定赤曷之易遺乃鼎湖之可慕既以為騂鬌四毳之駕方瞳一角之人帝臺北荒之際弇山西海之濱流沙之野折木之津雲或怪彩烟或異鱗必雜虹蜺之氣陰陽之神

詩

董思恭詠虹詩　春暮萍生早日落雨飛餘橫彩分長漢倒色媚清渠梁前朝影出橋上晚光舒願逐旌旗轉飄飄侍直廬

蘇味道詠虹詩　紆餘帶星渚窈窕戾天潯空因壯士見還共美人沉逸勢含良玉神光藻瑞金獨留長劍彩終負昔賢心

霽晴第八

敘事

說文云霽雨止也霎妻雨霽也霩火郭反雨止雲罷貌也書稱乂時暘暘以乾物霽景也乂治也

若順也孔安國注云君政治則時暘順此休徵之應也僭恒暘若恒常也注云君行僭差則常暘道此休徵之應也白虎通曰太平之時
時雨時霽不以恒暘而以時暘天地之氣宣也
後漢應場魏文帝繆襲晉傳玄陸雲並有喜霽
賦晉湛方生有天晴詩嵇含有悅晴詩近代詞
人作者甚衆以苦陰霖而喜悅晴霽也

事對

雨止　雲罷見上說文也　禜門　齊社禮記曰雩禜祭水旱也三社義宗云
雩祈雨之祭禜止雨之祭每禜于城門長沙耆舊傳云文虔字
仲儒爲郡功曹吏時霖雨廢人業太守夏悒召虔補戶曹虔奉
敎齊戒在社三日夜夢白頭翁謂曰爾來何遲虔具白所夢太
守曰昔禹夢青繡衣男子稱倉水使者禹知水脉當雨若椽此

夢將其比也明日果大霽　收蜺　恒陽上見月令章句又潘尼賦曰收絳虹于漢陰盧諶朝華賦曰當
於重陰始袪微雨新晴抑以泥液恒以陽精晅音火光反王篇云日氣也　嵇詩　陸賦嵇含悅晴詩曰
勁風歸巽林玄雲起重低朝霞炙瓊樹夕影映雲芝之鳴鳳晞輕
翩應龍曝檝鬐白㲉偃而立大木顛復持陸雲喜霽賦序曰永
寧二年鄴都大霖作秋霖賦賦成天雨已霽故又作喜霽賦　縱陽門　鞭陰石漢書曰董仲舒
爲江都相理國以春秋宍異之變推陰陽所錯行故求雨閉諸
陽縱諸陰其止雨反是音義云祈雨閉雨門止雨閉北門宋求
初山川記云冝都郡有夫大石一爲陽一爲陰鞭陰石則雨鞭陽石則晴　牛泥盡　鷰石止見雨門顧歡廣州記下見湘州記
魏國興　蘇峻滅魏略五行志曰延康元年大霖雨五十餘日魏
有天下乃霽將受魏祚之應也晉中興徵祥記曰咸和四年陰以五十餘日峻滅乃霽　作賦成　受
祚應並見上　夢白頭翁　見香鑪由事見上盛弘之荊山州記曰衡山周廻

數百里雀狀若香爐至于雲霽天明景徹在襄陽北望見此山

賦

魏繆襲喜霽賦 嗟四時之平分兮何陰陽之不均當夏至之勾萌兮或旱乾以歷旬旣人麥之方登兮洎注潦以成川忍下民之昏墊兮弃嘉穀于中田悼彼昊天兮旁魄后土育我黎苗兮降之伊祜旣垂曜于辰角兮申勸之以九鳸何災沴之無常兮曾粢盛之弗顧覽唐氏之洪流兮悵侘傺以長懷日黃昏而不寐思達曙以獨哀白日時其浩旭兮雲滃勃而交回雷隱隱而震其響兮雨霖霖而又隤察長霤之潺湲兮若龍門之未開賴我后之明聖兮獨克躬而罪己發一言而感靈兮人靡食其何恃咨天鑒之遄速兮猶影響之未彰屯玄雲以東徂兮扇凱風以南翔穹窘皎其呈巳兮羲和粲以揚光農夫欣以斂川田畯耕於封疆

傅玄喜霽賦 喜陰霖之旣霽嘉良辰之肇晴梲氛電之潛匿兮樂天鑒之孔明行潦歸于百川兮七氣徹於云庭東風穆而扇路重陽昇其舒靈大洩沒之憂患即通塗之敞平釋昏墊之蒙昧覩日月之光榮若幽龍之出泉兮超飛躍乎太清昔唐帝之欽明兮遘洪水之巨害在殷湯之盛時兮亢炎旱以歷歲伊我后之神聖兮敷皇道以居帝雖風雨之失度兮且嘉穀之無敗咸調暢以滋茂兮天人穆其交泰命怡樂之吐和兮播仁風乎無外

晉陸雲喜霽賦 毒霖雨之淹時兮情懍憤而無憚肅有禱於人謀兮反極陰於天作清屛翳之洪隧兮俄太山之觸石攺望舒之離畢兮躍六龍於紫閣於是朱明日皓凱風來南復太正之舊司兮黜后土於重陰夷中原之多潦兮反高岸於嵩岑悉禾苗而振穎兮偃木竪而爲林敬大田之未墜兮幸神祇之有歆爾乃俯順習坎仰識重離兼明陽而天地爽兮羣生悅而萬物齊戢流波於桂水兮起芳塵於沉泥災未及害和斯有祥翼翼黍稷油油稻粱望有年於自古兮希詩人之萬箱

詩

太宗皇帝初晴落景詩 晚霞聊自怡初晴彌可喜日光百花色風動千林翠池魚躍不同園鳥聲還異寄言博通者知余物外志

晉湛方生天晴詩 屛翳寢神轡非廉收靈扇青天瑩如鏡凝津平如研落帆修江湄悠悠極長眄清氣朗山壑千里遥相見

梁簡文帝開霽詩 景落商飈盡煙開四郊謐偃蹇暮山虹遊揚下峰日水文城上動城樓水中出竟微共理功空臥淮陽秩

又 散絲與山氣忽洽復

俄晴雷音稍入嶺電影尚連城雨餘雲稍薄風收熱復生

梁王筠望夕霽詩 連山卷乱雲長林息泉籟密樹含綠滋遥峯疑翠靄石溜正潈潺山泉始澄汰物華方入賞跂子心期會

周庾信喜晴詩 比日思光景今朝始暫逢雨住便生熱雲晴即作峯水白澄還淺花紅曝更濃已歡无石鷰弥欲弃泥龍

又

初晴詩 濕花飛未遠陰雲歛尚低鷰爍還爲石龍殘更是泥

隋王胄雨晴詩 初晴物候涼夕景照山庄殘虹低飲澗新溜上侵塘風度蟬声遠雲開鴈路長

虞世南奉和幽山雨後應令詩 肅城鄰上苑黄山迩桂宮雨歌連峯翠煙開竟野通排虛翔戲鳥跨水落長虹日下林全暗雲收嶺半空山泉鳴石澗地籟響生風

初晴應教詩 初日明燕館新溜滿梁池歸雲半入嶺殘滴尚懸枝

李百藥雨後詩 晚來風景麗晴初物色華薄雲向空盡輕虹逐望斜後窓臨岸竹前階枕澗沙寂寥无与語樽酒對風花

文

宋孝武帝祈晴文 幽明失序就陰則滯連兩霖霪注而不替潤既違時澤而非惠幸輟霖而吐景權停雲而歛翳照鶩軫於大郊光龍旂於田際来報得施黍稷獲藝增膚廩於嘉年登十千於茲歲

初學記卷第二